Magical Explorer 7
Reincarnated as a Eroge
Hero's Friend, I'll live freely with my Eroge knowledge.
マジカル★エクスプローラー
エロゲの友人キャラに転生したけど、ゲーム知識使って自由に生きる7
入栖
— Author
Iris
神奈月昇
— Illust
Noboru Kannatuki
マジエク 攻略 ルート

「これならアマテラス女学園でも
イけるかもしれないな」
瀧《たき》音《おと》ななこ

「ねえ幸助君……ど、どうかな？」
聖《ひじり》伊《い》織《おり》

Chapter Select

目次

Magical Explorer 7

Illustration: 神奈月昇

Design Work: 杉山絵

マジカル★エクスプローラー

エロゲの友人キャラに転生したけど、ゲーム知識使って自由に生きる７

入栖

角川スニーカー文庫

23239

Reincarnated as a Eroge Hero's Friend, I'll live freely with my Eroge knowledge.

瀧音幸助《たきおとこうすけ》

ゲーム『マジエク』に登場する友人キャラ。しかし中身はエロゲが大好きな日本人。特殊な能力を持っている。

リュディ《リュディヴィーヌ・マリー＝アンジュ・ド・ラ・トレーフル》

エルフの国『トレーフル皇国』皇帝の次女のお嬢様。ゲーム『マジエク』パッケージに写るメインヒロイン。

ななみ《ななみ》

ダンジョンマスターを補佐するために作られたメイド。天使という珍しい種族。

花邑毬乃《はなむらまりの》

ゲームの舞台となるツクヨミ魔法学園の学園長。ゲームではあまり登場せず、謎の多い人物だった。

花邑はつみ《はなむらはつみ》

花邑毬乃の娘で瀧音幸助のはとこ。基本的に無口で感情があまり顔に出ない。ツクヨミ魔法学園の教授。

クラリス《クラリス》

リュディのボディガード兼メイドのエルフ。真面目で主人に忠実で失敗を引きずりやすい。

聖伊織《ひじりいおり》

ゲーム版『マジエク』の主人公。見た目は平々凡々。だが育てればゲームで最強のキャラになった。

聖結花《ひじりゆいか》

ゲームパッケージに写るメインヒロインであり、伊織の義妹。ツクヨミ魔法学園に編入してきた。

加藤里菜《かとうりな》

『マジエク』ゲームパッケージに写るメインヒロイン。勝気な性格で貧乳を気にしている。

Character　キャラクター

Magical Explorer 6

モニカ

モニカ・メルツェーデス・フォン・メビウス

『生徒会』の『会長』を務める。『マジエク三強』の一人で、ゲームパッケージに写るメインヒロイン。

ステフ

ステファーニア・スカリオーネ

『風紀会』の会長職『隊長』を務める。法国の聖女。美しく心優しいため、学園生から人気があるが……？

ベニート

ベニート・エヴァンジェリスタ

『式部会』の会長職『式部卿』を務める。学園生から嫌われているが、エロゲプレイヤーからは人気が高い。

フラン

フランツィスカ・エッダ・フォン・グナイゼナウ

『生徒会』の『副会長』を務める。非常に真面目な性格の女性。雪音と紫苑をライバル視している。

水守雪音

みずもりゆきね

『マジエク三強』とも呼ばれる、公式チートキャラの一人。風紀会の副会長を務める。

姫宮紫苑

ひめみやしおん

『式部会』の副会長職『式部大輔』を務める。制服を着ずに常に和服を着ており、メインヒロイン級の強さを持つ。

アイヴィ

アイヴィ

ツクヨミ学園新聞を発行する新聞部の部長。兎人族の女性で常にハイテンション。三会の役割を知っている。

ルイージャ

ルイージャ

ツクヨミ魔法学園の教師。お金にルーズであり、花邑家に借金がある。はつみの先輩であり、学生時代は一緒にダンジョンへ行っていた。

桜瑠依

さくらるえ

ツクヨミ学園に立地する図書館の司書。学園に長く務めており生徒思いで優しい。その正体は天使。

一章　プロローグ

—モニカ視点—


「そう」

花邑毬乃《はなむらまりの》学園長は難しい顔で息を吐く。

前に座るアマテラス女学園の生徒会長と学園長も神妙な様子で頷《うなず》く。

「本来なら我が学園で解決すべきことなのですが」

アマテラス女学園、生徒会長である九条華《くじょうはな》はそうつぶやく。

「もちろん私は華達『アマテラス女学園』に力を貸したいわ、でも難しいわね」

私がそう言うと華は頷いた。

「でも解決には男性の力が必要そうなのです」

「どうにか力をお借りできないかと」

アマテラス女学園の学園長は神妙な顔で言う。

もし男性が女学園に入学できるなら、話は変わってくるだろう。しかし。

「………私に良い案があるわ。彼らに任せましょう、ねえ毬乃」

話を聞いていた桜《さくら》はそう言った。その彼らというのに心当たりがあるのだろう、毬乃は頷く。『なんとかしてくれそうな男』と言われて、私も一人心当たりはあった。

「確かにあの子達ならやってくれると思うわ、でも一体どうやって？」

「実は天使の秘術があるの……これを使えば、ね。ななみさんにも協力してもらえば、二人にできるはず」

桜瑠依《るえ》の説明したことは画期的で、それでいてハイリスクでもあった。だけど条件を満たすことはできる。だが。

「本当に、そんなことができるの？」

私は思わずそう言った。それは普通に考えたら無理だ。

「難しい魔法です。天使の中でも選ばれた者しかできませんし、対象者への強い信頼がなければできないでしょう。しかしななみさんなら、ななみさんならやり遂げると信じています」

「ななみちゃんなら、できそうね」

学園長はそう言う。私も同じ意見だし、ななみをある程度知る者は多分全員同じ考えを持つだろう。

「その彼らというのは信頼できる人なのですか？」

「もちろん、一人は私の子供みたいなものですしね」

アマテラス女学園の学園長は頷いた。

「なるほど、噂《うわさ》の彼ですね。分かりました。ではアマテラス女学園の未来を……彼、『瀧《たき》音幸助《おとこうすけ》』達に託しましょう」

瀧音幸助は人生を大きく左右するかもしれない、大きな任務を託されたことをまだ知らない。

—瀧音視点—

「へっくしょい」

「うわ、きったないですね。つば飛ばさないでくださいよ」

眉を八の字のようにして俺を見る結花《ゆいか》。

「すまん、でもちゃんと手で押さえただろ」

「結花様、逆に考えてみてください。ご主人様からつばをかけられる、それはメイドも唸《うな》るご褒美だと」

「っはぁーっ、辞表顔にたたきつけられる時も近いんじゃないんですか」

美人な女主人だったら本当にご褒美と捉える男性はいるかもしれない。むしろ怒られたくてわざと小さな失敗するかも。いや無いか。

まあそんなことは良いんだ。

「それにしても最近くしゃみ多いんだよなぁ。花粉症じゃないんだけど」

「花粉じゃないなら、誰かが噂しているのかしらね」

リュディがそう言って紅茶を一口飲む。

「ふっ、ふっ、もし噂でくしゃみが出るなら、瀧音は、ふぅっふぅ、四六時中くしゃみが止まらないだろうな」

離れた場所から先輩の声が聞こえる。確かに。いろいろやらかしすぎて話題に事欠かないからな。

先輩は息が少し切れているため、多分あのランニングマシーンを利用しているのだろう。あ、ゴールした音楽流れてる。

『よく頑張ったな。次もこの調子でいこうぜ！　ステータスアップだ』

メインバトラーに俺を選択しているせいで自分の声が聞こえる。自分の声はいつ聞いても恥ずかしいぜ。それにしても。

「聞き慣れない音が流れてるんだけど、こんな機能あったたか？」

何度かプレイしたことがあるが、今回のようなファンファーレのような音は初めて聞く。

俺がそう言うとリュディと結花の様子が変わるのが分かった。

「SSレア写真入手の音です」

ななみは何事もなかったかのように答える。

「そっか、SSレア写真か……レア写真？」

なんか初めて聞くんだけどいつアップデートしたの？　てか写真って何？

「知らぬが仏ですよ」

結花がそう言うってことはいやな予感しかしない。すぐさまそちらへ向かおうとすると俺はななみから何やら変ボタンがついた物を渡された。

「ではここで『クイズななみアカデミー』です」

なんかゲーセンにありそうなネーミングだな。まあそれは良いや。

俺は渡された物をよく見る。クイズに答える人が使う、押すと音が鳴って札が上がるあれじゃないか。なんか俺のデフォルメされた絵が描かれているけど。

「唐突によく分からないものを始めないでくれ。いったいなんだ」

俺の質問にななみは頷く。

「ななみのことをご主人様にもっと知ってもらおう、そういう企画です」

「よく知ってもらう？」

「ええ、ご主人様とは心を通わせることで今後につなげよう、そういう狙いです。アニメなどであるロボット系作品でもシンクロ率が重要視されるではありませんか」

まあ確かに心を通わせることができれば、コンビネーション攻撃もうまくいきやすくなるとは思うが。

「俺はななみに搭乗しないぞ？」

「私がご主人様に搭乗する可能性は十分にあり得ます」

「どういう状況だよそれ！」

「現時点で髪の毛の先から足の爪まですべてななみのことをご存じのご主人様ですが――」

「いえ、知りません」

――さらにななみの心を知ってもらおうと思い、ご用意いたしました。さ、結花様もどうぞ」

「やっぱり俺の話って聞いてもらえないんだよね」

「なんで私も参加することになってるんですか？　ななみさんと瀧音さんしか関係ないですよね」

ななみは結花にも俺と同じようにその解答者用の装置を渡す。俺が持ってるやつも含めると、一、二、三、四。なんで四つあるんですかね？

「まあ、暇なので良いんですけど……」

結花はそう言いながらボタンを押すと『っはーい』と結花ボイスが流れ、勢いよく札が上がる。

さらに装置をよく見ればデフォルメされた結花がその装置に描かれていて、手の部分が札になっている。

俺が渡されたやつ……ああ、俺の絵が描かれていたな。

シンプルながらよくデザインされてるなって、なんでこんなの作ったの？

「一番正解した方には人気ラーメン屋『四大元素』のキーホルダー全五種セットをプレゼントいたします」

そう言って取り出したのは、ガチャなら数百円でとれそうなキーホルダーである。

雑誌を読んでいたはずのリュディが隣に来ることは当然のことである。あ、ボタンを奪い取るように持って行くほどのやる気だ。

「……えっとー、そのですね、リュディさんはアレがほしいんですか？」

「もちろんよ。オープンした当初『四大元素』店舗に備え付けられていたガチャで購入することができた伝説のキーホルダーよ。一時期はガチャを撤去して店頭販売していたらしいんだけど、いつからか完全になくなってしまったの。今では手に入らないとても貴重な物よ！」

（それってあまりに人気なかったから撤去したんじゃないんですかね）

ぼそりと結花が俺につぶやく。間違いなくそうだろう、多分最終的にはラーメン食べた子供にただで配っちゃうタイプのやつ。

「まさかこんなところでお目にかかれるなんて。ななみ、キーホルダーをよく見せてもらえる？」

「もちろんです。ああ、今見せたのはサンプルでお渡しするのはこちらの方ですね」

「何よこれ、ふ、袋がついているじゃない!!　こんなの開けられないわ！」

（リュディさんって結構ボケるんですね）

（違う、アレはボケてるんじゃない、素なんだ）

昔はかなり恥ずかしがってたのに、最近は学園以外で隠そうともしなくなった。ＬＬＬに入会している近衛騎士団のメンバー達はラーメン好きを知ってるし、さらに本人にばれないように過ごそうって規則があったりするんだよな。子供の成長を見守る親かな？

「見て幸助、この背脂の再現率。辛ネギの細かさ。しっかり四大元素のラーメンを再現してるわ」

「あっ、ああ。ほしく、なるな……？」

「ええ、喉から手が出るほどほしい。今回は絶対に負けないわよ」

と俺らが話していると姉さんが入室してくる。彼女は何のためらいなくボタンを手に取るとリュディの横に立った。

「ん」

話を聞いていたのか、聞いていないのか。聞いていたと思いたいが、姉さんなら何も分からなくても持って行きそうな気がする今日この頃。

姉さんはチラリと俺を見ると、先ほどとった装置のボタンを押す。

『ん』

という声がそれから鳴ると、b（イイネ）の形をした札が上がる。芸が細かい。

「では参加者がそろったところで特設会場を用意しておりますので」

となみは庭を見る。そこにはなんかクイズ番組にありそうなセットが用意されていた。

「何でこんなのあるの？」

庭に置かれていたそれらを見て思わずつぶやく。答えたのはななみではなくて姉さんだった。

「…………昔ほしくなったから買った、一人でやるとむなしくてやめた」

心の傷をえぐってしまったかもしれない。

外に出て着席すると、すぐにクイズは始まった。

「では早速参りましょう。ななみの得意料理に○○○スペシャルという物がありますが、○○○に入る言葉は？」

すぐさま答えは分かった。しかし安易にボタンを押して良い物かと思い、チラリと横を見る。

結花も答えが分かったようだが、俺と同じようにボタンを押すのをためらっているように見える。リュディも同様だ。姉さんは首をひねってる。一人だけ分からないようだった。

まあみんな行かないなら俺が行ってみるか、とボタンを押す。すると結花のボタンの時と同じように俺の声が鳴り響く。

『んっ、あぁっっっ♡』

っておい。

「ちょっと待て何で俺のは変な声が出るんだ⁉」

「ぶー──ご主人様。外れです。ちょっと待て何で俺のは変な声が出るんだスペシャルではありません」

違う俺は解答したかったんじゃねぇ。ボタンから出てくる『俺』の『あえぎ声』みたいなのについて聞きたいんだ。こんな声、誰も聞きたくねーぞ！

とそれを見たリュディはすかさずボタンを押す。今度はリュディの声で『いくわよ！』と音が出た。

「答えは、ななみ！」

「さすがリュディ様、正解でございます！」

「しゃぁっ！」

「正解とかはどうでも良いんだ。なんで俺のボタンはこんな音がするんだ?!」

「どうせならと思いまして二五六分の一の確率であえぎ声が出るように設定しました」

俺はもう一度押す。またもや『んっ、あぁっっっ♡』とあえぎ声が聞こえた。その確率のやつ二連続で出るわけないよね？

「申し訳ございません。ご主人様のメイドとしてひいきしたくて………。本来なら二五六分の一の確率で発せられるスペシャルボイスなのですが、ご主人様だけ確定で出るように調整しました」

「何のひいきにもなってねぇ！」

むしろ貶《おとし》めようとしている感すらある！

「ん？　ちょ、ちょっと待ってくださいよ。それってもしかして私達のあえぎ声が二五六分の一で出るってことですかね？」

「では第二問です。ででん！」

「ででん、じゃないんですよ、私の質問に答えてください」

半ギレな結花に、真剣な表情のリュディ、何を考えているか分からない姉さん。なんだこれ。

しかしななみは黙々と進めていく。

「権力を……」

『ん』

横から声が聞こえたので見てみると、姉さんの札が上がっている。どうやらボタンを押したようだが、早すぎて問題理解できてないよね。

「こうすけ」

「正解です！　正解は幸助ご主人様です。問題文は『権力を使いメイドを無理矢理従《むりやり》わせている、最近は同学年の女子も権力で囲った、胸は大きくても小さくてもいける、などと噂《うわさ》されているななみのご主人様はだれでしょう』」

「その問題に異議を申し立てる！」

「あっ瀧音さーん、残念ですけど前半の噂については聞いたことありますね。でもぉ、あながち間違いじゃないような」

「従わせてないわ！」

でも後半の噂は間違ってないです。

「では第三問――」

「まだ続くのか！」

それから二十分ほどクイズを行い、優勝したのはリュディだった。

二章　瀧音ななこ、爆誕

「はぁ……」

「どうしたのよ、ため息なんかついて」

転移魔法陣の中に入りながらそうつぶやくと、リュディは首をかしげる
「なんとなくいやな予感がするんだなよなぁ」

「いやな予感？」

「だってさ、毬乃《まりの》さんがわざわざ学園長室まで呼び出すんだぜ？」

「まあ、幸助《こうすけ》君にだったらメッセージでも良いもんね」

伊織《いおり》の言うとおりだ。でも、と話を続けるのはリュディ。

「このメンバーが呼ばれるなら、三会関係じゃない？」

俺、リュディ、伊織。まあ全員三会に属しているけれど。

「じゃあなんで結花《ゆいか》が呼ばれなかったんだ？　ギャビーだってそうだ」

「そうだね、もし三会なら二人を呼んでもおかしくないね。あと里奈《りな》も」

伊織は頷《うなず》く。

そういえばカトリナは正式に風紀会に推薦されたんだよな。聖女が瞬間的に許可を出したらしいし。カトリナが受けるかどうかは分からないけれど。

「そういえばななみはどうしたの？　合流した時にいなかったわよね？」

「ななみは何か最近忙しいらしいぞ」

なんか夜も家にいないんだよなぁ。何をしているんだか。

ななみだったら何かしらこれから何あるかの情報つかんでたりするのかな。まあいないのだから今考えてもしょうがないか。そもそも呼び出された目的は行って聞けば良いし。

と話しながら歩く。転移魔法陣のおかげで学園長室はもう目と鼻の先だ。

「失礼します」

そう言って俺達が学園長室入室した時にいたのは、毬乃さんだけではなかった。ソファに座っている毬乃さんの後ろにななみ、そして桜《さくら》さん。さらには三会の会長達が壁に寄って立っている。

そしてお客様が座るであろう、毬乃さんの対面の席には他校の制服をきた女性が一人座っていた。彼女の見覚えある制服、そして顔を見て心の中で納得した。

これはあのイベントの始まりなのだろう。だってあの人と桜さんがいるのだから。

「ごきげんよう」

座っていた彼女は俺達を見てそう挨拶する。リュディは彼女のことを知っているのだろう。

「あら、ごきげんよう」

と、笑顔で返した。続けて俺と伊織も挨拶を返す。

「ごきげんよう」

「ごご、ごきげんよう?」

あまり使わないからだろうか、伊織はちょっと発音がおかしい。

「来たわね、コウちゃん達はこっちに。さて早速本題に、と行きたいところだけどまずは自己紹介ね。リュディちゃんはともかく……こうちゃん、もしかして彼女のことを知ってる?」

毬乃さんは俺を見てそう言った。

「ええ、噂程度なら存じています。モニカ会長と対をなすほどの実力者であり、そしてアマテラス女学園生徒会長でもある九条華《くじょうはな》さんですよね。初めまして、瀧音幸助《たきおと》と申します」

そう言ってチラリと伊織を見る。彼はぽーっと九条さんを見ていたので、肘で軽くつついた。

「あっ、初めまして聖《ひじり》伊織です」

「申し遅れました、九条華です。初めまして瀧音様、聖様。そしておひさしぶりですね、リュディヴィーヌ様」

そう言って九条さんは礼をする。

「トレーフルの式典ぶりでしょうか。九条様達はお変わりなく？」

「ええ、私だけでなく父も母も無病息災ですわ」

と話していると、俺達はソファに座らせられる。そして先ほどまでソファーに座っていた毬乃さんは自分の席へ歩いて行く。

するとすぐにななみが紅茶を入れて俺達へ出す。そして九条さんにも新しい紅茶を出した。

てか今日は朝から忙しそうだなと思っていたんだが、何をしていたんだ。毬乃さんのために動くことは滅多《めった》にないんだけどな。

「まぁ、ありがとうございます。ななみ様。とてもおいしいわ」

「そう言っていただければ幸いです。そして先ほども申し上げておりますが、私に敬語は不要でございます」

先ほどもということはすでにななみは九条さんと話をしていたようだ。絡む理由が分からないが、まあ後で聞いてみるか。

そんなななみににこっと笑顔で返し、紅茶を一口飲む。多分だが九条さんは敬語をやめないだろう。

リュディを見ていても思うが、ある一定以上の貴族になると何気ない行動でも違う世界に住んでいるんだなと感じてしまう。あ、リュディに対しては最近あまり思わなくなってきたかも。

「自己紹介もすんだことだし、早速本題へと行きましょうか」

「そうですね。では私から簡潔に説明させていただくと、アマテラス女学園は問題を抱えています」

「アマテラス女学園に問題、ですか？　あのアマテラス女学園に？」

リュディがそう聞くと彼女は頷く。

「ええ、問題です。教師、生徒が急に体調不良になるのです。それを経験した者からすると、まるで魔力が抜かれたような、と」

「実際に彼女達は魔力が少なくなっていたそうよ」

と毬乃さんが九条さんの話を補足する。

「はじめは単純に魔法の使いすぎかと思う生徒が多く、部屋で休めば回復することでしたので、最近まではそれほど問題にはなってはいませんでした」

「最近までは？」

「ええ、その事象を経験した生徒が想像以上に多かったことが発覚しました」

「え、結構大規模だったんですよね。なんで最近まで発覚しなかったのかな」

入栖
イラスト
神奈月昇
マジカル☆エクスプローラー
Magical Explorer
エロゲの友人キャラに転生したけど
Reincarnated as a Eroge Hero's Friend,
ゲーム知識使って自由に生きる
I'll live freely with my Eroge knowledge
7
■TSUTAYA限定SS■
クイズ
ななみアカデミー
再び
角川スニーカー文庫
KADOKAWA

※7巻の内容を補完するSSなので、本編を読んでからお読みください

「さて皆様お待ちかね、ななみクイズの時間がやって参りました」

「まってませーん」

　結花はすっっっっごくやる気のなさそうな声でそう言った。

　しかしななみは何事も無かったかのように話を進める。

「今回の参加者は前回優勝者リュディ様、いつもあえぎ声のご主人様、実は恥ずかしがりやの結花様、クイズななみアカデミー初参戦の雪音様です！　ではリュディ様から順に一言どうぞ！」


「今回の優勝景品は何かしら？」

「確定で出るあえぎ声なんとかしてくれ」

「このボタンたたき割って良いですかー？」

「自分にどれだけ出来るか分からないが、ベストを尽くそうと思う」


「はい個性あふれる一言ありがとうございます。さて皆さんお待ちかね今回の優勝賞品は、ラーメン屋『ツクヨミのココロ』に置かれている箸ですっ！」

　箸とかそんな物誰がほし――

「なかなかセンス有るじゃ無い。あそこの割り箸はとても食べやすいのよね」

「一度使ったことがある。上質な木を使い、一つ一つ手で形を整えているのだろう、ほんの少し不揃いだが、それもまた趣がある」

　――需要って有るんだな。あとなんで先輩はその箸について詳しいの？

「さて、ご主人様にご報告が……」

「嫌な予感しかしないんだけど」


「ななみは思ったのです。1／256の確率では無く、確定であえぎ声が出るのは良いことなのか、と」

「なかなか良いところに目を付けたな。そうだよ、罰ゲームだよ！」

「ご主人様なら分かるはず。素晴らしい言葉はたまに出るからこそ良いのであって、毎回出るのは良いとは限らないと。確定で出ればご主人様は嬉しいかなと思いましたが浅はかな考えでした。あの時のななみを調教したいです」

　なんかエロゲの全裸パッチみたいなこと言ってるな。あれ登場キャラの立ち絵が全裸になるんだけど、逆にエロくないんだよな。普段はしっかり服着てて、そこからチラ見せしたりするからこそエロを感じるんだよな。

　ということはだ。

　俺のボタンも普通になるのか、いやよかったよかった。

「ということで普段はあえぎ声、そして1／64であえぎ声を超えた『超あえぎ声』が出るように改良しましたっ！　くぅぅぅっ！　素晴らしい、拍手っ！」

「なんで上を目指したの？　周りに合わせろよ！　しかも確率微妙に高いし！」

　何が『くぅぅぅっ！　素晴らしい！』だよ。あえぎ声を超えた超あえぎ声って何だよ聞きたくねぇよ！　結花はニヤニヤしながら拍手するな。なんで先輩も拍手してるんだ、反射的に拍手しないでくれ。

　あと突っ込みどころ多すぎて困るんだよ！

「っあ、そうだ。ねぇ瀧音さん。わたし分かっちゃったんです」

と結花が俺にニヤニヤしたまま話しかけてくる。

「なんだ？」

「今回のクイズを無傷で突破する方法ですよ！」

胸を張ってそう言う結花。Ｋａｗａｉｉ。もしそんな方法があるなら朗報だが、相手はななみだぞ？　まあ一応あまり期待しないで聞いてみよう。

「それはなんだ？」

「ボタンを押さなければ良いんです。答えを言わなければ私たちにダメージはありません。景品も要りませんしね。さ、褒め称えてくださいよーっ！」

確かに天才だな。でもななみがその対策を怠るだろうか。あとリュディがほしがってる景品をはっきり要らないって言ったよね？

「そういえばお知らせを忘れていました。今回から新たなルールとして、一定時間クイズに参加しないとご主人様にあえぎ声が自動送信されます。またその送信されたあえぎ声は朝のアラームへ強制的に設定されますのでご注意ください」

「やめろよ、俺を巻き込むなよ！」

ただあえぎ声で目を覚ましてみたいとはちょっと思う。

結花は俺を睨むな、邪悪の根源はななみじゃないか！　俺は何もしてない。

そのやりとりを見ていた先輩が何か思いついたように話す。

「ふむ、ならばボタンを壊してしまえば良いんじゃないか？」

「さすが雪音様と言わざるを得ません。そんな事もあろうかと、ボタンが破壊されると同時にあえぎ声が送信されるようにしました」

「だから俺を巻き込むなよ！」

「ここでご主人様だけに、大大大ヒントです。ボタンを奪って全速力で走って逃げれば良いのです」

なるほど、ななみは頭が良いなぁ！　ってなるわけねぇだろ！

しかも俺にだけヒントとか言いながら全員に言ってるじゃないか！

結花も急にボタンを守るな！　俺はそんな人間じゃねぇ。あとさ。

「それ俺は無傷だよな」

「つはぁーっ？　瀧音さん考えてみてください。毎日自分のあえぎ声で目が覚めるんですよ？」

想像するだけで死にたくなるな。

「では問題にまいりましょう。ななみの公表されているスリーサイズは何でしょうか？」

公表されているスリーサイズって何だ、そんなのしらねぇぞ？

『つあ、私ですかぁー！』

ボタンを押したのは結花だ。

「分からないですけど、８９、５６、８０あたりですかねー？」

そういえばボタン連打すると……いやそれは思い出さないでおこう。

「…………残念、不正解です。ヒントは『ななみ』のスリーサイズです」

『うむ、ここは私が行こう』

ボタンを押したのは先輩だった。ボタンには先輩と薙刀が描かれていて、押すと薙刀を部分が起き上がり、まるで振っているように見える。やっぱり芸が細かい。

「なら７３、７３、７３でどうだ？」

「正解です！　公表されているスリーサイズはすべて７３に統一されています！」

あだ名はドラム缶かな？　ド○えもんみたいなこと言いやがって。明らかな嘘を公表するなよ！

「では次の問題へ進みましょう。次は三択問題です。例えばななみがオレンジ様に肌に触れられたとします。その際ななみがオレンジ様にすることはどれでしょう」

オレンジの名前久々に聞いたな。アイツ元気でやってるかな?

「A.有ること無いこと噂を立てる　B.記憶を失うまで殴る　C.去勢　D.ななみコンボ。気持ちよすぎだろ」

『つぁ、私ですかぁー!』

ボタンを押したのは結花だった。

「私だったらCですね」

「正解です!」

「オレンジ逃げて、全速力で逃げて!」

肌に触れられただけで去勢とか、一体前世でどんなカルマ背負ってきたんだよ。

「さてここでボーナス問題です。次の問題を正解すると得点が百倍になります!　皆さん頑張ってください!」

「百倍とかさっきまでの問題全部無意味じゃねーか」

ポイント制度崩壊してるぞ。

「では問題です。ルイージャ様がななみに対して本当に言った言葉はどれでしょう。すべて選んでください」

「もはやななみさん関係ないですよね」

ナイス突っ込みだ。一家に一人は結花が必要だよ。いやこの家が特殊なだけか。

「A.金の亡者　B.スーパー金運上昇モテモテ水というのがあって~　C.もしカードを持てるならリボ払いしますぅ　D.FXって儲かるらしいんですよ　E.借金を別会社で借金して返せばずっと借りられるんじゃないですか(真顔)F.この――」

『行くわよ!』


ボタンを押したのはリュディだ。彼女は自信満々な様子で答える。

「全部ねっ!」

「正解です!」

「つしゃぁあああ!　とったわよぉおおお!」

やめろよ先生が話したのを想像しただけで吐きそうになったじゃねーか。いくら何でもB以降はマジでやめてくれ。

リュディは正解を喜んでないで、先生を止めてくれ!

「ちなみにFは『このお仕事はインターネットさえ使えれば出来るらしくて、時給1万円なんです!』Gは『ななみさん、聞いてください!　お金を下ろしてくるだけで5万円貰える仕事を見つけました!』Hは……」

「何個有るんだよ、もういいよ!　ほんとやめてくれ。俺のライフはゼロだ!」

ルイージャ語録だけでカルタ作れそうなんだけど。

「では次の問題です――」

クイズはまだまだ続く……。

伊織が疑問に思ったのだろう。でもそれは。

「魔法使いによくある体調不良だったから、あまり皆が気にしなかったんだろう。魔法学園生が魔力を使いすぎることはある」

偏頭痛持ちがちょっと頭が痛いと思っても、よくあるしわざわざ話さなくても良いかなとなりうる。

だからこんな大規模であることが発覚しなかった。

「瀧音様のおっしゃるとおりですね。実際多くの者はなんとも思わなかった。そして原因は未《いま》だに不明」

「なるほど」

「そのため原因を探っているのですが、まだよく分からず。そしてまだ生徒には公表していないのですが、アマテラス女学園の学園長、および私は魔法テロの可能性も考えています」

「魔法テロ……！」

伊織が驚きながらそうつぶやく。

「ええ、大規模な魔法を行うために私達の力を奪う、もしくはその魔法が影響し、私達は体調を崩しているのでは、と」

「魔法のスペシャリストが集う、アマテラス女学園でできるのか」

「もしできるとしたら、まず間違いなく内通者がいることでしょう。そのため私と学園長以外は表向き調査をさせて、秘めやかに信頼できる者に協力を依頼することにしたのです」

「それで最初、私に話が来たの」

と毬乃さん続ける。

「毬乃さんから見ても分からないんですか？」

「分からないわね。直接見たわけじゃないし。ただ魔法テロの可能性も否定できないと思って、できることを協力することにしたの」

なるほど。

「また、こんなメモも発見されました」

そう言って九条さんが毬乃さんを見る。毬乃さんは手で何かを操作すると、俺達の前にホログラムが浮かび上がった。

「これは……？」

「そのメモに書かれていたのは、今映し出されている、マークのような物です」

「何かしらこれ？」

「誰かの落書きかもしれません。しかし何らかか意味があるのではないか、どこか犯罪組織のマークである可能性も否定できません」

「それでツクヨミ魔法学園にいらしたんですね。でもなぜ私達が呼ばれたのですか？」

リュディはそう質問する。まあそうなるよね。理由を知ってるんだけど、もちろん言えない。多分リュディ達からしたら想像の斜め上のことが起こるはずだ。

ププッ。おっとと、危ない。

これから起こることを想像して少し笑ってしまいそうだ。真面目な話だから、あんま笑っちゃいけないんだよな。

「実は事件を調べていくつか分かったことがあります」

「事件の被害は女性に多いのです。以前、同時に数人が体調を崩した場で、男性の特別講師が体調不良を訴えなかったのです。その場の女性は全員体調不良だったのに、です」

ゲームでもそんなシーンあったな、確かその男性はいろいろ調べられたんだけど、何も出てこなかったんだよな。

「調べてみたのですが、学園で働く男性は皆がかかっていた体調不良にかかっていないのです」

「もしかすると男性はかかりにくい？」

伊織はそう言うと九条さんは頷く。

「その可能性を考えました。学園のシステム上男性は少ないですが、体調不良になる者が誰もいません。女性の教員は体調不良になることがあるのに、です。なので男性を学園に……とはできませんでした」

「あっちの学園長とも話したのだけれど、現時点ではあまり大事にしたくはないらしいのよ。気持ちは分かるのよねぇ。あそこイメージ重要だし、OGとかがうるさいから」

高潔さを売りにしているような学校で不祥事とかやばいだろうしな。調査のために男性を入れようとしても、神聖なアマテラス女学園に男子など……！　とOGが騒ぐし、なんてところだろう。

日本でもOBがうるさいところあるらしいな。知ってるところだと、歴史ある学校の生徒が、修学旅行でユニバーサルなスタジオの日本版に行くのはちょっと………神社行くべき、で寺院巡りがメインになったとか。

俺は神社も好きだから良いけど、生徒はかわいそうに。

「ストレスで胃に穴が開きそうですね」

「そうですね。私はともかく学園長はいつも頭を抱えてらっしゃいました。かといって無《む》理矢理《りやり》調査をさせたり、男性を入れたりして何もなかったら、それはそれで問題が出そう……とも」

ほんと面倒だよなぁ。

「ただ学園長は人命を第一にとのお考えで、一時的に学園閉鎖や魔法騎士などの投入も視野に入れているようです」

うんうん、と毬乃さんが頷く。

「それで以前アマテラス女学園の学園長がいらした時に、問題解決に向けてまず調査をしたい、と。できればこっそり、それもあまり害のないであろう男性が……」

そんなの普通に考えたら難しいよな。でも、できちゃうんだよなぁ。

「それで何か良いアイディアがないかって。そしたら桜さんが良い案を持ってきてくれたの」

毬乃さんがそう言うと桜さんはにっこり笑うと伊織の横へ。その様子を見た九条さんが心苦しそうな表情をした。

ああ、クソ、笑いをこらえられない。

申し訳ねぇ、笑うべきところじゃないんだけど、笑っちゃいけないんだけど、そういう時に限って笑いそうになるんだよ。聖女は心で爆笑してるだろうな。

「一体どんなアイディアなのでしょう？」

「知りたい、リュディちゃん？　それはね伊織君が女性になってもらえば良いのよ。簡単でしょ」

「なるほど、確かに僕が女性になれば潜入調査……？　…………んんんんんんんんんん!?」

伊織の納得顔はすぐに驚愕《きょうがく》へ変わった。

「む、むむむむりです！　ぜ、全然簡単じゃないですよ！」

笑うんじゃねぇ、こらえろ。こらえるんだ。なんでこんな芸人みたいにリアクションがうまいんだよ！　彼はこれから事件を解決しに行くんだぞ。

「そもそも僕は男ですしその、ああ、アレがついていますし」

「あらあら、顔が真っ赤よ。その点に関しては心配しなくても大丈夫♪」

ぶひゅ。ぐふふっふふ、はーっはっはっはははっっっｗ　くそ、笑っちゃいけないのに、笑ってしまいそうになる。

「無理無理！　もし着替えとかがあったら一発でばれるって⁉」

あまりにも焦っているせいか敬語とかぶっとんでる。ちょっと落ち着こうぜ。

「伊織様の御懸念《ごけねん》は存じています。ブラとショーツの手配はこちらにお任せください」

何でななみはいつも斜め上の発言するの？　もう言葉合体して『ななみ上』で良いよな。

俺の辞書に単語登録するわ。

あとこっちを見るな。俺はそんな物持ってないぞ（大嘘）。

「違うよ、僕はそんなことを心配してないって！　あ、アレの心配をしてるんだって！」

「安心して、とても良い魔法があるの。ね、桜さん」

「ええ、私が伊織君にしかできない、天使の秘術です」

「桜さんが僕にしかできない天使の秘術？」

「そうよ。その秘術を使うと伊織君の体が女の子になっちゃうの」

「なんだぁ、女の子になるんだったら着替えも……ってええぇぇええええええええええええええええええええええええええええええええええ」

こんなに長い悲鳴なんて久々に聞いたよ。

「ぷぷっ。そ、そんなことができるんですか」

ちょっとこらえるの失敗して少し声がうわずってしまった。でもこんなの笑わざるを得ないだろう。

「それができるらしいのよ」

伊織が口をぱっくり開けて、魂抜けた顔してる。

すまないｗｗｗ　笑い、止まんねぇんだｗｗｗ
「その、伊織………あれだ………ぶひゅ、お前ならできるっっ」

「ねぇ幸助君⁉　他人事だと思って笑っているよね⁉」

伊織が半泣きですがるように俺の服をつかむ。

「笑ってない、笑ってない」

「嘘だ嘘だ嘘だっ！　倫理的におかしいじゃないか！」

「倫理は分かる。でも人命が関わるなら、まあそれは仕方ないことだろう」

人命という言葉に口をつぐむ伊織。

「是非お願いしたいの」

「でで、でも、僕不安だよ。女子校で絶対やっていけないよ。すぐボロが出ちゃうだろうし」

「でも安心して伊織君。しっかりフォローを用意したわ」

「一人はリュディさん。彼女ならすぐにアマテラス女学園に適応できる教養とマナーを持っている。そして彼女の立場ならアマテラス女学園に編入させやすいの」

「え、僕本当に行かなきゃいけないの？」

もう決まったことのように扱われていることで動揺を隠せない伊織。

残念だけど行かなきゃいけないんだよなぁ！

「伊織、混乱するのは分かる。でも倫理と人命だったら、俺は人命をとる」

「た、瀧音君」

「まあまあ伊織君。心を落ち着かせてよく考えて。ここにもう一人天使がいるでしょう？」

チラリとななみを見る毬乃さん。確かにななみは天使だもんな。


ん？


天使の秘術は、天使と人間が心を通わせないとだめ、信頼していないとだめ？　あれ？

ふとあたりを見回す。毬乃さんやリュディや生徒会長達、全員が俺を見てる。九条さんも申し訳なさそうに俺を見ている。俺を、だ。

なんかさ、今ふと思ったんだ。九条さんが前に座ってるんだけどさ、俺ってなんでこの場所にいるんだと。

伊織が行くなら、俺いらないよね。なんでいるんですか？　しかもわざわざ九条さんの前に座らせるのはなぜ？　傍観者だったら会長達の横で良いよね？

あ？　ああっ……えっ…………？

「ゑ？」

理解したくない理解したくない理解したくない。

「コウちゃんがいてくれて本当に良かったわ！　信頼関係は大丈夫でしょうし」

だけど話は進んでいく。

「ご主人様とは一心同体だと自負しております。その、私が生まれた時の姿を見られてますし……♪　もう今更というか……ポッ」

ポッじゃねえーよ！　生まれた時の姿を見た覚えが………あったわ。あったぞ。でも見たけど裸じゃなかったわ！

「お前生まれた時メイド服着てたよな！　お願いだから勘違いするようなこと言わないで

ね！」

「まあ契約もしておりますし。一生ご主人様のメイドですし」

「なんかやばい契約に聞こえるから訂正してね！」

縛り付けてないぞ。彼女は自由だ！

ちょっとまて。ななみのペースに押されている。何か、何かここを切り抜ける良い案はないか？ そ、そうだ。

「ま、待ってください。天使の秘術ってそんな簡単にできる物なんですか⁉ ななみは生まれて一年もたってませんよ？」

ゲームでは難しい技扱いで、確か桜さんしかできなかったはず。天使の里にいる天使とはできなかったはずだ！

「実はね、すごく難しい秘術なの」

ほら見ろ、桜さんが難しそうな顔をしている。よし、これだ。これで行こう。これで押し切ろう。

「でもね、この話をななみさんにしたら、寝る間も惜しんで練習してくれて……ちょっと不完全だけど問題無いくらいまで成長したわ」

「長く、険しい戦いでした」

なんでだよ！

「何でななみは遠い目してるの？　なんでそんなことを頑張ってるの？　もっと頑張るべきところあったよね？」

「ご安心ください。名前は考えておきました。二人の名前をとって『瀧音ななこ』にしましょう」

「ななみ上を言いやがって！　俺の要素一つも無いじゃ……あったわ！」

ななみ＋こうすけ＝ななこですね！　いつも俺の要素無いじゃん。なんであるんだ、ふざけるな（混乱）。

「いやそんなことはどうでも良いんだ。なあ伊織、お前からも何か言ってやれ！」

「なんだぁ、瀧音君がいるなら……まあ」

「何でお前は安心してるの？　安心して良いところじゃないよね。お前も俺と同じ境遇なんだぞ！」

「た、確かに」

「確かにじゃねぇんだぞ、俺達が俺達であるために、必要な大切な場面なんだ」

こちとら失ってはいけないものを失うような、人生で大切な時間なんだぞ。

俺が伊織にこんこんと熱弁していると、リュディが申し訳なさそうに俺を見ている。

「その、幸助……言いにくいんだけど、すでにいろいろ失っているような気がするのよね。個人的にあまり変わらないかもしれないわ」

そんな表情で現実を突きつけないでくれ！

知ってるよリュディの言ってる通りだってことはなぁ。いや、でもここで諦めてはいけない。

「でも俺はやっぱり男で、女子校に潜入というのは倫理的にまずいと思いませんか？」

「あら、さっきこうちゃんが言ったじゃない。倫理と人命、どっちが大事かって？」

墓穴掘った。さっき伊織を説得した言葉がすべて俺に跳ね返ってきている。

「よろしくお願いします」

九条さんが神妙な顔で頭を下げる。頷かざるを得なかった。

◇

さあ、早速秘術を使用してみましょう。となるのは分かる。九条さんが立ち会いたいけれど、用事があるとのことで毬乃さんと居なくなるのも分かる。でも。

「なんでやばい人がいるんですか？」

やばい人と言われたエッロサイエンティストことアネモーヌは、不快感を隠そうともせず俺の肩に手を乗せる。

「はぁ、なんだいなんだい瀧音君。私をやばい人扱いして」

どう考えてもこの場に一番いてはいけない人ナンバーワンなんだよなぁ。オレンジにぶっちぎりの差をつけての優勝だよ。

「多分みんなに聞いても同じ意見になると思いますよ？」

俺だって前に被害受けてるし。あの角の生えた魔力計測機械なんかはすぐにでも破壊したほうが良いと思う。

「すみません瀧音君。実は会長達が話しているのをたまたま聞いてしまって。止められませんでした」

「いいえ、フラン副会長が謝る必要は無いです………ん、なんでフラン副会長までここに？」

俺の素朴な疑問にフラン副会長は答えなかった。ただ申し訳ございませんと謝るばかり。さては自分も興味あったんだな！

「……まあフラン副会長なら良いんですけど」

「え、本当ですか？」

俺があきれた目で見ているのに気がついたんだろう。苦笑いで俺を見ている。

「待ってくれ、なんで私はだめなんだ？」

「自分が何を作ってきたかを胸に手を当てて考えてください」

言われたとおり胸に手を当て考えるアネモーヌ。そして笑顔で頷いた。

「うんうん、瀧音君は悦《よろこ》ぶだろうなぁ」

「なんか『よろこぶ』という言葉に悪意を感じるんだが」

「ところで瀧音君。君は潜入や捜査という言葉に隠しきれないエロスがあると思わないかい？」

「今からでも遅くありません、すぐ退出させましょう！」

作品によってはエロの中でも結構やべぇジャンルだぞそれ。彼女の頭の中はエロゲと薄い本でできてるんじゃなかろうか。

桜さんに訴えるも、返事をしたのはモニカ会長だった。

「まあまあ。瀧音君。知識は三学年でも随一だから、きっと何かあった時に助かるわ、そう思ってなさい」

「モニカ会長……会長もこの場にいなくても良いような？　忙しい人ですよね？」

あとステフ聖女とベニート卿《きょう》もいるじゃん！　リュディと伊織と俺、桜さんとななみで良いよね！

「ここまで来たら最後まで見届ける義務があるわ」

おい聖女、ニヤニヤしながら言う言葉じゃねーよ！　俺も笑いたくなるけど我慢したんだぞ多分。

「まあまあ、それよりも始めましょう、ね。まずは伊織君と私から」

そう言って桜さんは場を収める。ああ、伊織は年貢の納め時かもしれない。悪いことしてないけど。

「はい……」

不安からなのかどこか元気のない伊織。その横に立つ桜さん。

桜さんが羽を具現化させ、その羽で伊織を包む。するとそこから白くまばゆい光が放たれた。俺達はその光を腕などで塞ぎ、収まるのを待つ。そして光がなくなるとそこにいたのは伊織ではあるが、いつもの伊織ではなかった。

まず服が変わっていた。穿《は》いていたズボンはスカートになり、そこから頬ずりしたくなる白い素足が見える。

また全体的に身体《からだ》が丸くなっただろうか。髪もほんの少し伸びたように見えた。

しかし何より違うのは、彼の胸であろう。

彼……いや、彼女には胸があったのだ。

「お、お前。伊織か」

「どうしたの瀧音君」

俺は会長が持っていた鏡を借りて、伊織に差し出す。

「…………これが、僕!?」

女伊織から、伊織の声がする。まあ元々伊織の声は高かったから、あまり違和感がないな。

「素晴らしい、素晴らしいよ伊織君。とてもかわいくなったじゃないか。いやぁ神秘だ。天使の神秘だよ。どうだ、私に体を預けてみないかい？」

手をたたきながら大喝采するアネモーヌさん。それを副会長が部屋の隅へ引きずっていく。

不意に伊織はハッとした表情をして自分の胸を触る。そして慌てた様子で部屋を出た。

「どうしたのかしら？」

リュディは首をかしげ追いかけようとしたが俺が止めた。気持ちは分かる。アレがあるかを確認したいのだろう。

少しして彼は顔を赤らめて戻ってきた。また、少し疲れているようにも見える。まあ無かったんだろうな。

少しうつむき気味の伊織に、安心してかわいいわよと会長達が声をかけている。複雑な心境なのではないかと思われる。俺は複雑だもん。

それから体の様子を確認して伊織は秘術を解く。すると彼は先ほどと同じようにまばゆい光に包まれ、桜さんと二人に分かれた。そして彼女は彼に戻る。

桜さんは伊織の様子を再度確認すると、今度は俺とななみを見て頷いた。

「ご主人様、今度は私達の番ですね。我々が一つになる時です、久々ですね！」

「初めて一つになるよね、さらっと嘘を交ぜるな！」

「安心して力を抜いてください。ななみの一割は優しさでできています」

「五割くらい優しさにしてくれ！」

「痛いのは一瞬だけです。後は気持ちよさに変わります」

何かキメてるのかな？　中毒になっちゃう！

それからななみは目を閉じると何かを唱える。すると桜さんと同じように背中から羽が生えた。

桜さんとはまた違った羽ではあったが、その姿は紛れもなく天使だった。やっぱななみは天使なんだなと再認識していると、その羽は俺を包み込む。

ななみは腕をまわし、俺の体を抱きしめる。そして胸を押しつけた。大きな幸せを感じていると、ゆっくり彼女の体が発光し始め、伊織の時と同じように目も開けられないぐらいの光に包まれた。

「あ、なんか入り込んでくる…………?!」

少しして俺の体に異変が起こり始める。

なんだろう、最初は体の下腹部が少し暖かくなるような感じなのだけど、だんだん体を優しく触られるようなくすぐったい感じがして、それからだんだん体が高揚してきて、んんっ?!　あ、ちょっと待て、そこは…………だめなとこ…………………!?

俺の意識はそこで途切れた。

ふと気がつくと、俺は先ほど意識を失った場所に立っていた。また俺の顔を伊織達が心配そうにのぞき込んでいる。

「幸助君大丈夫？」

「あ、ああ。大丈夫だ。って声がななみになってるっ？」

桜さんは落ち着いてと俺をなだめる。

「さっき不完全と言ったわよね、じつはそれが影響の一つよ。意識が混在してしまうの」

桜さんの言葉を自分の中で反芻《はんすう》させる。意識が混在、へー意識が混在ね。

は？　意識が混在⁉　反射的に大丈夫といったが本当に大丈夫か？　いや頭だけじゃない。少し体に違和感があるような……？　なんか見える物の高さが違うし、体も少し重い。

「なあ伊織、どうなった」

伊織は恥ずかしそうに上目遣いで鏡を差し出す。なんだその反応は。

あれ、なんかすっげー美人のお姉さんがいる。銀髪で。なんかとっても罵られたくなるような、エキゾチックな女性。おっぱい爆弾みたいな大きさなんだけど、この人は誰だ？

誰なんだ？

俺である！

ハッとして股間を確かめようとして止める。見なくても分かってしまった。だって、ぶら下がっている物がないんだもの。

『ご主人様、ご主人様、聞こえますか』

「っ！　ななみか!?　え、ちょっとまてどういうことだ!?」

「うん、安心したわ。想定した結果に落ち着いたわね」

桜さんはほっと息をついた。俺は息をつけないぞ、これが想定した結果だって!?

『ななみ〜それは至高のメイド〜♫』

「ええい歌うな！」

「どうしたの？」

リュディ達の様子を見るにどうやら俺にしか聞こえていないらしい。そして桜さん以外は俺の状況を分かっていないだろう。

「どうやら俺にしか聞こえないらしいな、簡単に説明するとななみの声が聞こえるんだ」

「じゅる。なかなか面白い現象だね」

何でアネモーヌはよだれ飲み込んでるんだ!?　ちょっとフラン副会長、何でぼーっとしてるんですか！　今すぐエッロサイエンティストを連れてってて。

『ご主人様。桜様に伺った話によると私達は心の中で対話できるようです。ご主人様も強く思えば口に出さなくてもできるのでは？』

なーに言ってるんだ。

『そんなご都合主義みたいなことができるわけ……うそだろ』

『できてるようですね。正直適当なことを言っていたのですが』

適当なことを言ってたんかい。

心配そうに顔をのぞき込むリュディ達に俺は言う。

「なんだろ、テレパシーみたいなので会話できるっぽいんだ。少し試させてくれ」

『まあ脳内で会話ができるって考えたら変人には見られないのか……え、ならもしかして俺の思考全部筒抜け?!』

『ご主人様、一番好きな女性の部位を想像してください』

『誤解を生みかねないので、質問を変えることを要求する』

『やはり尻ですか。だからななみの尻を凝視されるのですね。全く、仕方ありませんね、ふふ』

『意味深な笑いやめてくれる？　何も考えてないよ』

尻を見ていることは否定しない。

『では色を思い浮かべてください』

色？　じゃぁ赤とか？

『もしすでに思い浮かべてるのでしたら、ななみは思考を読み取れないようです。チッ』

『舌打ちするな。最低限のプライバシーぽいのはあるのかな』

『残念ながら』

『残念ながらって、おいおい。じゃあ逆にななみは思考を読まれても良いのかよ』

『かまいません、ご主人様への愛が伝わることでしょう』

それはちょっと恥ずかしいかもしれない。

『ただ思考は読みとれませんが、代わりに体を動かせそうな気がします』

『え、マジ？』

『ご主人様が心の中で体の制御を許可してくだされば、多分いけるのかなと』

『じゃ、じゃあ任せてみるか……どうすれば良いんだ？』

『力を抜いて……ななみにすべてを委ねてください』

どういうことだってばよ。とりあえず体を譲るようなイメージで……こんなんでできるのか？

「これがご主人様の体……」

自分の口からななみの言葉が出てる上に体も動いてるし。できちゃったよ。

なにこの都合の良い感じ、まるでギャグ系のエロゲじゃないか！　…………ここはその世界だよばーろー！

「ただ体の優先権の上位は俺みたいだな」

動かそうと思えば優先権奪えそう。

「これならご主人様と協力して学園生活を送れそうですね」

「確かに、俺は女の子らしいことが全然できないからな、それをななみにしてもらえば良いのか」

「お任せください。女の子といえば歩く時の効果音ですね。私が口から発しましょう」

「女子関係なくいらねぇよ、足音口に出してたらそいつ変なやつだよ！」

「ムチィ♡　ムチィ♡」

「歩くわいせつ物じゃねーか⁉」

その効果音、ＨＥＮＴＡＩ漫画でしか聞いたことねぇぞ⁉　女子校と一番交ぜちゃいけないやつだ！　でも薄い本では人気ジャンルだ！

「じゅるる、ああ、なんて素晴らしいんだ……」

誰か、エッロサイエンティストを止めて！　今すぐ人体実験を始めそうな目で見てる彼女を羽交い締めにして！

「幸助、あなた全部一人で漫才しているから、端から見ると変な人よ」

漫才をしてるつもりはないいんだけどな！　ただリュディの言うとおりだと思う。子連れのお母さんがいたら『見ちゃだめ』言われるタイプのやばい人だ！

「元々変なやつじゃない」

なぜかぶすっとした表情でそんなことを言う聖女。あれ、何でだ。俺死ぬほど笑われるのかと思ってたんだけど。

「まあまあ、瀧音君。かわいらしくなったけれど、しっかり瀧音君の男らしさも残っているよ。大変だろうけどアマテラス女学園の生徒のためにも頑張ってほしい」

「ベニート卿《きょう》……！」

え、何このイケメン。今の容姿のフォロー、普段の俺かっこ良いぜとフォロー、さらには応援まで！　完璧じゃんやめてくれよ！　俺の代わりにアマテラス女学園に行く権利をあげたげて。彼なら多分こなせるぞ。やれ！

「あなた達、やっぱり魔法使いより芸人が適職ではないかしら」

「モニカ会長。やめてください。そんなわけないじゃ……ん。なんだななみ？」

「ご主人様。満を持して立ち上げましょう『ななみレボリューション！』」

「お前はお笑いを諦めてなかったのか⁉」

ふと俺は鋭い視線を感じそちらを見る。

聖女は未だにぶすっとした表情でこちらを見ていた。

「チッ」

目が合うと彼女はわざとらしく舌打ちをする。

合体前はニヤニヤと皮肉たっぷりな笑みを浮かべていたはずだった。だけど今は間違いなく不機嫌だった。

なぜなのかを考えるため、俺は彼女の視線を追う。それは俺の体、胸に注がれている。

俺は思わず聖女の胸を見てしまった。

「あっ……」

もし俺が富士山と例えるなら、彼女のそこはサバンナのようであった。いや、無くはないのだ。ほんのちょっとあるのだ。

『平坦《へいたん》な道のりですね』

ななみ。それ口に出すなよ。マジで出すなよ。

「なんで男のあなたが大きい胸で、私は…………」

ブツブツと彼女はつぶやく。

男のはずの俺が、たわわだったからいらだっているのだろう。気がつけば俺の周りに居た人達が伊織の方に行ってるではないか。聖女の怒りに巻き込まれないよう逃げたのかもしれない。

そして聖女に視線を戻そうとした時、俺は胸をもまれた。

「あっ……」

ちょっとした快感が全身を巡り、なんか変な声が小さく漏れてしまった。

彼女は俺の胸を何度かもむと自分の胸を見る。そして俺の視線に気がついたのだろう。半ギレ状態で俺をにらむ。

「言いたいことがあるなら言いなさい。さっさと言え」

どっちを選択しようと理不尽な怒りをぶつけられるのが見えるんですが。言っても言わなくても地獄である。

『どうすれば良いんだよ⁉』

『ななみの出番ですね。貧乳はステータスです、と』

んなこと言えるわけねーじゃねえか！

「あ、愛嬌《あいきよう》のある胸ですね」

だめだったよ。天に召されるかと思った。


それから少しして。俺は珍しい人に呼び出された。

「どうしたんですか、フラン副会長」

それはフラン副会長である。彼女から呼び出されること事態は無くはない。しかし一人で来てほしいは初である。

「ええ、少しお話ししたいことがございまして」

なんだかちょっと様子がおかしい。

普段はできる秘書感バリバリで、上司的雰囲気を持つ彼女であるが……。

「どうしたんですか、具合でも悪いんですか？」

なんだかいつもより覇気がない。さらには声に元気もない。

「すみません、体調を崩したわけではないんです」

病気ではないとしたら何だって言うんだよ。こんなイベント、ゲームにもなかったし、さっぱり想像ができない。

「瀧音君は……その。アニメ、特に魔法少女系の物は好きでしょうか？」

それを聞いて、納得する。

「幼い頃は見てました」

無難にそう答えておこう。嘘はついてない。まあ見たいアニメの間に放送されてたから、時間つぶしでな。時間つぶしなんだよ、そういうことにしておいてください、お願いします。

「その、ですね。申し上げにくいのですが」

こんな副会長を見るのは初めてだろう。そんな彼女が取り出したのは……いくつかの服だった。彼女はその一枚を広げる。

僕はちょっとあまり詳しくないけど（真っ赤な嘘）、お邪魔そうな魔女っていうか、セーラー服着てそうな戦士というか、プリッとキュアしてくれそうな服である。

「瀧音君はこ、コスプレに関心があったりとか……？」

ちょっとは気になりますが」

と言っておく。ふふ、俺は知ってるぜ、実はフラン副会長が魔法少女好きだってのは。確か伊織が女体化するのを見て魔法少女のコスプレさせたくなるんだよな。そんで副会長と二人でポーズを決める。ちゃんとCG回収したよ。

ん、ちょっとまて。何で俺にそのことを告白するの？　伊織じゃないの？

「やってみると案外楽しいんですよ。それに子供の時の夢がほんの少しだけ叶《かな》ったような、そんな気がするんです」

「へぇえ」

何言ったかちゃんと聞き取ってないけど、とりあえず相づち入れといた。ちょっと声がうわずったかもしれない。

「なので……その、瀧音ななこでコスプレをしてほしいのですっ」

「え？」

フラン副会長決死の告白に、俺は言葉を失った。

しかたない俺は今混乱しているのだ。伊織の説得かなと思ったら、俺にコスプレしてほしいらしいし、しかも敵キャラ。知らない変化球飛んできて焦ったような感じになっちゃってる。

そんな俺の顔を見てフラン副会長はやばいと思ったであろう。しかしもう引けなかったのか、顔を真っ赤にして叫んだ。

「絶対に間違いなく似合うんです。だから悪の幹部、女帝シルバーのコスプレをしてほしいのです。どうか、どうかお願いします。一生のお願いです」

そう言って彼女は勢いよく頭を下げつつ、黒い衣装を俺に向かって差し出した。

◇

「やっと、今日という一日が終わるのか」

今日はここ最近で一番疲れたかもしれない。

結局俺は伊織とリュディと三人でアマテラス女学園へ潜入することになってしまった。

後日コスプレもしなければならない。まあ後者は今考えなくても良いか。

「うーん。潜入は早いほうが良いということで、明後日からなんだよな。今月のお小遣い明日にでもルイージャ先生に渡さないと」

と俺がブツブツ言っていると、なぜか部屋の主より先に部屋にいた姉さんが「ん」と声を上げる。

「どうしたの、姉さん」

姉さんはベッドに座りポンポンとベッドをたたく。俺はそこに腰掛けると姉さんの方に体を倒された。頭は姉さんの膝へ。お風呂はまだなのだろうか、膝からはボディソープではなく姉さんの良い匂いがした。

「ね、姉さん？　急にどうしたの？」

膝枕である。至高の膝枕である。

「話は聞いた。幸助は頑張ってる。でもこれからもっと大変」

「アマテラス女学園の話？」

「ん」

そりゃもちろん話は来るよな。これから少なくとも一週間はアマテラス女学園に行くんだから。

「姉さん……」

姉さんは優しく頭をなでてくれる。

「よし、よし」

ふんわりと髪に触れる温かい手。それがゆっくりと髪を梳《す》く。たったそれだけのことで、回復魔法をかけられているような不思議な気持ちになった。

「大変かもしれない」

姉さんはぼそぼそと、いつも通りのトーンで話す。

「でも、幸助なら解決できる」

だけどその言葉には力強さがあった。

「ああ、解決してくるよ」

「ん。けがしないで」

そう言って姉さんはしばらくの間頭をなでてくれた。

「ありがとう、姉さん」

どれくらいなでてくれていただろう。なんかちょっと恥ずかしくて姉さんの顔がまともに見られない。

俺がどうすれば良いかと悩んでいると、姉さんが『そうだ』とつぶやいた。

「こうすけに渡したい物がある。これから必要になる物。そして……」

これから必要になる物？

「こうすけの元気が出る物」

元気が出る物か……うれしいな。本当にうれしい。

応援してくれる人がいる。それだけでどれぐらい力になっていることか。さらに物までくれるなんて。

「うれしいよ、姉さん。それにしても俺の元気が出る物か。何かな……！」

ドキドキわくわくが止まらない。食べ物かな？　魔法のアイテムかな？　元気が出る物ね……マジでなんだろ。

姉さんは立ち上がると、俺のクローゼットへ。

ん？　俺のクローゼット？

姉さんは何のためらいもなくクローゼット開ける。そして何か捜しているのかガサゴソ音が聞こえた。

胸の高鳴りが、激しくなっていく。期待が悪寒に変わった瞬間である。

「ね、姉さん。や、やっぱその、あれだ、気持ちうれしいない！」

気持ちはうれしいんだけど、必要ないなんて言えない！　言えなくて言葉おかしくなった！

姉さんは手を後ろに回してこちらに近づいてくる。

今の姉さんは無表情に見えるだろ、これ、すっっっごくニコニコしてるんだぜ？　こんなニコニコしてる姉さん久しぶりだよ。うれしいな！

余計不安になるじゃねーか！

「こうすけ……これ」

姉さんは俺に何かを差し出す。それは黒くてリボンがかわいくてワイヤーが入っていて二つのカップが……。

ブラジャーじゃねーか！

「大丈夫。洗ってない」

「発酵途中だった、今すぐ洗って！」

三章　アマテラス女学園よりごきげんよう

お嬢様学校を舞台に潜入する作品は、ご都合主義全開でウケ狙いに走る作品が多い。

ゲーム版マジエクはメインが冒険学園ファンタジーであり、今回のイベントはサブイベント的な位置づけであるためか、ギャグと突っ込みどころが多めである。というかギャグ特化だと思う。

リュディルートのイベントを全部見る必要が無い場合はスルーすることもできる。ただしギャグ路線では作品屈指の面白さのシーンであると個人的に思っている。伊織《いおり》が頑張るから、めちゃくちゃ面白いんだよな。

また敵もさほど強くはない上に、九条《くじょう》さんも参戦するし、今の伊織なら余裕で倒せるほどだ。リュディも参戦するならどれだけ早く倒せるか、のレベルかもしれない。

だから伊織達は簡単にイベント終わらせて帰ってくるだろーな、そう思っていた時期が自分にもありました。

まさか俺も行くことになるなんてな。てか。

『なんか、俺ら注目されてないか？』

『注目されていますね、主にリュディ様とご主人様でしょう。ただ、ご主人様は仕方が無いかもしれません』

『なんとなくそれは分かる』

　なぜ注目されているのだろう。

　それはフレンチにイナゴの佃煮《つくだに》が並んでしまったような、場違い感があるのだと思う。

　ちなみに伊織はゲームと同じように空気である。

　ただしイベントを起こしていくと一気に注目されるんだよなぁ。ちょっと地味だけど、
　地味ってマイナスじゃなくてプラスに転じることがある実例であると思う。

　非常に愛嬌《あいきよう》があってかわいいし。

「ごきげんよう」

　学園生徒から挨拶され、リュディ達と挨拶を返す。それにしても。

『自分からななみの声が出るなんてなぁ』

　なんだか慣れない気分だ、まるで体が乗っ取られたかのような……いやそんな感じに近い状態か。ななみと合体して女体化してるんだし。

『ご主人様の考えていることは手に取るように分かります。後学のために「ななみボイス」で「エッチなこと」を録音する、ですよね』

天才の発想かな？

『何が後学のためだよ、ナニが！』

『そんなことをなさらなくても、私は申し上げますし、何度でも繰り返しましょう』

『阿呆《あほう》なことを言ってないで行くぞ、あっちの生徒会にご挨拶しなければならないんだから』

アマテラス女学園の生徒会。それは最初の難関と言って良いだろう。

これから行われるのはリュディ率いる俺達と、あちらの生徒会との挨拶である。今回俺達が女装して学園に潜入していることを知っているのは、生徒会長の九条さんとアマテラス女学園の学園長のみだ。

今後活動する上でいろいろお世話になるだろう生徒会だから、変な印象は持たれたくない。まあ。

「スーパーシスターが味方についてるだけありがたいか……」

そう俺がつぶやくと、伊織は「スーパーシスター？」と首をかしげ頭にはてなマークを浮かべる。

「普通は聞きなじみないし知らないのも仕方ない、でもリュディは知ってるよな？」

アマテラス女学園は少し特殊な学園である。それの象徴となるのはスーパーシスター制度であろう。

「当然よ。アマテラス女学園スーパーシスターといったら、各界の著名人ばかりじゃない」

そう、歴史的にすごい人ばかりらしい。

で、どんな人かと説明するには、ちょっと特殊な立場だから難しいんだよなぁ。めちゃくちゃかみ砕いて……。

「簡単に説明すると、生徒会とは別に人気投票で選ばれる理想のお姉様がいるって感じかな」

どこぞの乙女が、僕に恋しちゃいそうな作品のエルダーシスター制度と近似している。

このシナリオ書いたやつは、間違いなくあの作品のファンだね。

あの作品のおかげで脳にある何かをねじ曲げられた人間は数え切れないほどいるだろう、俺みたいに。

さて、そんなことより伊織に説明しないと。

「その選ばれた理想のお姉様《スーパーシスター》は全生徒の模範になる代わりに生徒会長よりも発言力があるんだよ」

「一部は学園長よりも影響力があるらしいわね」

「生徒の自主性を尊重しているってことだな。それはうちの学園も同じだけど」

三会みたいなものだ。

「そんななかで重要なことがあるんだけど、実はスーパーシスターは最終決定権はない。

あくまで生徒会が権限を持っている。だから人気と力を持ったご意見番かな」

「それによって権力の一極化を防ごうとしたのよね。だけど歴史を作った九条会長はすごいわ」

リュディはため息をつきながらそう言った。

「九条会長が歴史を作った？」

「そう、九条会長は長く続くこの学園の歴史の中で、生徒会長とスーパーシスターを同時に拝命した唯一の生徒だよ」

「へぇー」

伊織は感心したようにため息をついた。

『それってどうなのでしょう？　本末転倒になりませんか』

しかしななみは疑問だったらしい。

彼女が言いたいことはそれしたら権力の一本化になって危険じゃない？　という意味だろう。

『それ女学園内でも問題になったんだけど、いろいろあって彼女なら大丈夫ってなったんだ。彼女も何か間違いがあればこまるから、重要なことは生徒投票の実施などで対策するとか言ったりして、な。だがなによりも』

「それだけ九条会長のカリスマ性がすごすぎたんだよ」

「パーフェクトシスターなんて呼ばれてたりするものね、ツクヨミには『モニカ・メルツエーデス・フォン・メビウス』がいるけれどアマテラスには『九条華《はな》』がいると言われるくらいよ」

ちなみにスサノオには二人に並ぶ剛の者として獣王がいるんだがな、まあ今はそれは良いか。

「その九条会長が今回協力してくれるからな、心強いよな」

『それにしてもご主人様はやけに詳しいですね……まさか？』

『まさか？』

『実は私なしで入学をご検討…………！』

「なわけねーだろ！」

すぐに口を押さえるも、リュディ達の視線を集めてしまった。

「私達は理解しているけれど、他の人の前では独りごと言う変な人に映るわよ？」

そう言われなくても。

「理解してます……」

「はは……ななこちゃんも頑張ってね。それと、どうやらついたみたいだよ」

彼の視線の先には、この先に偉い人がいますよ、といっているような立派な扉があった。

そして俺達は生徒会室に。

◇

さて現れたのは五名の女性。一人はすでに拝顔している、生徒会長およびスーパーシスターの九条華。

「ごきげんよう。お久しぶりですわね、リュディヴィーヌ様、聖《ひじり》様、瀧音《たきおと》様。よくいらしてくださいました」

彼女が挨拶すると、ほかの生徒達も挨拶をしてくる。

「ごきげんよう、九条様、皆様」

リュディは笑顔で返すと続けて俺らも挨拶をする。

まずは自己紹介ですわねとリュディが俺達を紹介し、今度は九条さんが皆を紹介する。

そして彼女が一番最初に紹介しようとした人を見て、心の中でななみに声をかける。

『ななみ覚えておいてくれ。彼女は二学年だから、これから一番関わることになると思う』

「副会長の、クリスティーネ・フォン・ガウスよ。アマテラス女学園へようこそ。歓迎するわ」

彼女が九条の後継者と言われている、クリスティーネ・フォン・ガウス。彼女はゲームでもかなり重要な役を担っていた。

「よろしくお願いします、ガウスさん」

「こちらこそ、瀧音さん。それと私のことはクリスで良いわ。同じ学年だしね」

これからあんなことになるクリスティーネとの初めての出会いは、笑顔での挨拶だった。

「私もななこで構いませんよ」

「ならななこさんと呼ばせてもらうわね」

『思ったよりも、何もなかったな』

『そうですね』

この会話が来たらこう、と様々なパターンを考えて入念な準備をし挑んだ。しかし実際はありきたりなことばかり話して、何事もなく終わった。

『表向きは交換留学っぽいことするだけだもんな』

リュディがメインで俺と伊織がボディーガード兼お手伝いみたいな感じで毬乃《まりの》さんは送り込んだらしい。

『ただ俺だけ二学年か』

『調査する際に学年ごとに均等が望ましいです。三学年は九条様、二学年はご主人様と私、一学年はリュディ様と伊織様。バランスはとれています』

まあ、確かにそうだな。

『クリスさんと同じ学年か。なんか面倒にならなければ良いな』

彼女はこのイベントで重要な地位にいる人だからな。変なルートに進ませないように気をつけないと。

『それにしても、ここに来てしまったか』

ため息をつきながら、ななみにつぶやく。

『立派な建物ですね』

目の前にはアマテラス神を模した像に、歴史あるたたずまいの大きな建物。そして行き交う女学園の生徒達。

アマテラス女学園女子寮である。

最初の山場を超えて現れたのは、さきほどより遥《はる》かに高い山でした。

『女子寮ってうそだろ、女子寮っておい』

俺は男である。女子寮ってなんだろう。深く考えすぎるとゲシュタルト崩壊起こしそう。

「なあ、伊織。女子寮に入ったことはあるか？」

「幸助《こうすけ》君……じゃなかったね、ななこさん。実は入ったことないんだ」

「もしあったら大変よ……」

リュディの言うとおりである。もし入ったことがあるならば俺は距離を置くか通報しなければならなかっただろう。

「ねえどうしようななこさん。すごく緊張する。女子寮、女子寮だよ？　女子寮だって。

僕分からないんだけど手洗いうがいをしてから女子寮に入った方が良いのかな？」

「落ち着け伊織。お祈りは必要かもしれないが、手洗いは中でできるぞ」

「あなた達女子寮を神聖な場所と勘違いしてないかしら、お祈りして入る子が何人居るの？」

もちろんゼロである。彼女らは意識などしていない。

「伊織さんも、ななこも落ち着きなさい」

そうだ俺も落ち着かなければならない。遊びに来たわけではないのだから。

「そうだな、俺達はやらなければならないことがあるんだ」

やらなければならないことで、伊織は何か思い出したのだろう。ごそごそと荷物をあさり、瓶のような物を取り出した。

「そういえばアネモーヌ大丞に『アマテラス女学園女子寮の新鮮な空気』を持ってくるように頼まれたんだよね……思い出しちゃった」

思い出したくなかったかのように彼はつぶやく。アネモーヌは意味不明に強引なところがあるから、断り切れなかったんだろうな。

リュディはそれを聞いて頭を抱えた。

「あの人は……」

「便所の空気でも入れとけ。いや、すまん。それはそれで悦《よろこ》ぶかもしれない」

『アネモーヌ様は何に使うのでしょう？』

とななみが語りかけてくる。

『ろくでもないことに決まってるさ』

「そうだよね、無理だったことにしておこう」

あ、それアネモーヌに何でできなかった？　といちゃもんつけられるイベントじゃね？　いろいろ言われて結局エロ魔具の実験台にされるんだよな。伊織、南無。

と話していると一人の女性が現れる。

「待たせたわね」

それは先ほど話していたクリスさんだった。彼女はアマテラス女学園寮、通称『女神寮』の案内を九条さんからお願いされて、快く引き受けていた。

「寮を案内するわ。行きましょう」

クリスさんは俺達を促しつつ、建物の中に入っていく。笑顔なリュディと真剣な表情で入っていく伊織の後ろを俺は歩いていく。

「どうしよう、ななこさん。甘い匂いがするし全部ピンク色に見えるし頭がクラクラしてきたよ……」

「落ち着け伊織。それは俺達が常日頃からすってる空気と同じだ。周りもピンクじゃねぇ、ちょっと薄紫色で……」

「幸助君だって当てられてるじゃないか」

「さすがに冗談だ、置いていかれないようにするぞ」

そう言ってリュディとクリスさんの後ろを歩く。彼女達は寮のことや荷物のことについて話しているようだ。

「では荷物はすでに？」

「ええ、到着してすべてお部屋まで運んでますわ。後ほど整理なさってください。それで、ここが食堂ですね」

と彼女が案内すると、横から小柄な女性が顔を出した。

「あっ、ガウスお姉様〜え？」

彼女は俺達を見て言葉を止める。一人かと思ったのだろうか。

「はしたないわ、奈央《なお》。お客様のまえよ。挨拶なさい」

「ししっ、失礼しましたっ。ごきげんよう。竹松《たけまつ》奈央と申します」

慌ててカーテシーをする学園生。

「あらごきげんよう。ツクヨミ魔法学園のリュディヴィーヌ・ド・ラ・トレーフルです」

「あっ、と、トレーフル様⁉」

エルフの皇女だと知ってめちゃくちゃ驚いてるけどさ、そのエルフはつい先日豚骨ラーメン味のポテチを買いしめてたんだぜ。庶民派だぞ。

「そんなかしこまらなくて良いのよ」

「瀧音ななこです」

「聖伊織です」

と自己紹介するも、あわあわとしていてちゃんと聞けていたか不明だ。

「今日からお世話になります。よろしくお願いしますね」

「ははい、トレーフル様、聖様、瀧音様。こちらこそよろしくお願いします」

「奈央。後ほど分かることだけど、聖伊織様とトレーフル様はあなたと同じ学年、そして教室に入ることになる。何かあったら手助けするのよ」

目が飛び出さんばかりに見開く竹松さん。

「ああ、そうなのですね…………？　私がですか⁉」

「あなたが、よ」

「えぇぇぇぇえ⁉　で、でも私で大丈夫でしょうか？」

「あなたならできるわ、リラックスしていつものようにしていなさい。では案内の途中だから行くわね」

「はい、ごゆっくり！」

と竹松さんによく分からない言葉で送り出されると、クリスさんは片手で頭を押さえつつため息をついた。

「彼女は少し頼りなく見えるしおっちょこちょいだけれど、非常に真面目で聡明《そうめい》な子よ。相談などすれば親身になって対応してくれる子なの。何かあったら彼女と……私にも相談してください」

まあちょっと頼りなさはあるよね、と苦笑していると、前方からクリスさんに声がかけられた。

「ごきげんようガウスさん。まさかこんなところでお会いするだなんて」

声をかけてきたのは青い髪をお姫様カットにした女性だった。彼女は興味津々とばかりに俺達を見ている。

「あら、ごきげんよう。そうよね、お互い不運ね」

「私は不運だなんて全く思ってませんことよ」

嘘つけ、と言うかのようにクリスさんは大きなため息をつく。

「ところでガウスさん、ぞろぞろお連れしてどうされたの？」

「ツクヨミ魔法学園のリュディヴィーヌ様達のご案内をお姉様からお受けしまして」

「リュディヴィーヌ殿下ですか？」

「ごきげんよう」

リュディの挨拶とともに俺と伊織も続く。しかし彼女は軽く首を動かすだけで俺達から視線を外し、リュディの方へ。

「お初にお目にかかります、私メアリー・ウォートリー・ヴェストリスですわ。お目にかかれて光栄です」

そう言ってカーテシーを優雅にこなすヴェストリスさん。

「そんな改まる必要はありません、私どもは同じ学生です」

「いえ、そうはいきませんわ。これでもヴェストリス家として生を受けた身。もし何かございましたら私におっしゃってください。そうだわ、ガウスさん」

「何か？」

「ガウスさんはお忙しいでしょう？　よろしければトレーフル様がたは私がお引き受けしますわ」

「結構ですわ。お姉様から直接お願いされたこともありますし、私がトレーフル様ともう少し話したいと思っておりましたの」

「あら、そうですか。では、少し心残りですが私は失礼いたしますね」

彼女はクリスさんとすれ違いざまぼそりと何かをつぶやく。

何を言われたのだろうか、クリスさんの目が一瞬据わったのが分かった。しかしすぐに彼女は笑顔に変わり、では参りましょうと俺達を促した。

リュディと話しているクリスさんを見るに、おかしな様子はない。

俺がクリスさん達の話に耳を傾けていると、ぼそりと伊織がつぶやいた。

「僕なんかあのヴェストリスさんがちょっと苦手かもしれない」

「どうしてだ？」

「その、雰囲気というか。なんだろう？」

どうしてだ、とは聞いたものの。なんとなくは分かるよ。

「ヴェストリスさんはリュディのことはともかく、俺らのことは眼中になかったな」

クリスさんに聞かれないように小声で伊織に返す。ほんと、最初目線をチラリと向けるだけだった。俺らが有名な貴族だったら多分話は変わってきたんだろうけど。

「あの人は二学年か」

俺やクリスさんと一緒だ。生徒会室で簡単に学園生活を聞いたところでは、クリスさんと同じ教室ではあるらしいが。

「そうだな。でも話してみると案外良い人かもしれないぞ」

「そうだよね、まだよく話したことないから、なんとも言えないよね」

そういえばサブサブイベントぐらいのやつで、その子とあれなこともできるルートもあるぞ。彼女に男であることがばれる前提だけど。

それからしばらくクリスさんの案内を聞いて、俺達が泊まる部屋につく。

「ではリュディヴィーヌ様はこちらの部屋をご利用ください、ななこさん、伊織様はこちらへ」

俺達はお礼を言いながら、それぞれの部屋へ入っていく。

部屋は八畳ほどだろうか、いくつかの段ボールのようなような物が置かれていた。送っていた荷物だろう。

『なかなか良い部屋ですね』

『ああ、良い部屋だ』

広さは申し分ない。シンプルながら必要な物がそろっている。ただあんな大きな鏡を俺は利用しないが、女性からしたら嬉《うれ》しい物だと思う。

とりあえず荷物を置きながら、入ってすぐ横の扉を開く。そこにはトイレ、そしてさらに扉を隔てシャワーが備え付けられていた。

『お風呂に浸《つ》かるのはこの事件が終わってからだな』

一般生徒はもう少し部屋が狭く、シャワーとトイレが共同だったはずだ。かわりに彼女らは大浴場へ行き、そこで一日の汚れを落とす。

行ってみたいか行ってみたくないかでは、もちろん行ってみたい。ただ行ったら俺の心にどんな影響を及ぼすのか分からない。良心がすり切れそう。

ななみとたわいもないことを話しながら荷物を簡単に片付けていると、部屋をノックされる。

「伊織です、幸……ななこさん、良いかな？」

「伊織か、入って良いぞ」

俺がそう言うと伊織はドアを開けて中に入る。

「なんかその。落ち着かなくて……」

「気持ちは分かる」

ホテルならともかく、ここは女子寮だ。俺らは異物感はんぱないからな。

伊織と話していると、ななみが語りかけてくる。

『密室でご主人様と伊織様二人きり。何も起こらないはずは無く…………！』

『何も起こらねぇよ』

「もう結構片付いたんだね」

「ああ、あらかたな。そっちはどうだ？」

「僕の方も大分片付いたよ」

と話をしていると、こんこんと部屋をノックされる。

「幸助、私よ」

「リュディか、入って良いぞ」

「やっぱり同じような造りね。片付けほとんど終わってるじゃない」

「おうついさっきな。てか二人なら気にせずいつでも入ってきて良いぞ」

「そうね……今後作戦会議をする時はこの部屋でも良いかしら？」

「そうだな」

その方がリュディも伊織も入りやすいだろうし。

「それにしても今日は疲れたな」

「そうね、私でさえくたくたなのに、二人の立場だったらそれ以上よね」

「僕ご飯食べたら眠くなっちゃうかも……」

「さすがに今日は行動せずゆっくりしたいな。そうだリュディは大浴場へ行ってみたらどうだ？　ななみも行ってきて良いぞ？」

「実は気になってたのよね」

「あの噂《うわさ》にききし大浴場ですね」

ななみが俺の口を使ってしゃべる。

「え？　そんな有名な大浴場があるの？」

まあ伊織が知ってたら驚きだよな。

「実はアマテラス女学園の敷地内に温泉が湧いてるんだよ」

なんでも美肌やけがの治癒、さらには魔力回復の効能があるとされる湯が使われている大浴場は、それはもう大変な人気らしい。

その温泉に入りたいがために、勉学と魔法の修行に明け暮れる者も居るとか居ないとか。

「ちょっと気になるね……は、入らないよ?!」

「分かってる分かってる。温泉は良いよなぁ」

と俺がつぶやくとななみが話し出す。

「では私がこっそり汲《く》んできましょう、後でお味を教えてくださいね」

「飲まねぇよ。そもそも温泉は飲む物じゃねぇよ！」

浸かる物だからな！　ただゲームでは学園生に誘われて入るイベントがあるし、お風呂ＣＧが複数入手できるんだよなぁ……。

「風呂で思い出したけれど伊織は服をどうするんだ。主に下着」

俺はプライドを捨てたよ。姉さんの下着はちょうど良かった。てかなんで使用済みが俺のクローゼットに入ってるのか、コレガワカラナイ。

「僕はその、ボクサーパンツかトランクスが良いんだけど、その……ね。結花《ゆいか》に下着売り場に………つれてかれて……」

だんだんと声が小さくなり、最後の方は聞こえなかったが、だいたい分かった。

「つまりブラとショーツで過ごしていると。後学のためにつけているところを見せていただけませんか？」

ななみが俺の体を使って言う。

「何が後学のためだよ、何も学ぶところないぞ」

あと俺の口で変なことを言わないでくれ。

「ははは……」

「そいえば幸助は皆からいろんな物を貰《もら》ってなかった？」

リュディに言われて、ああと頷《うなず》く。

「貰った、でもまだ見てない」

チラリと後ろを見る。そこには段ボールが一つ。皆から餞別《せんべつ》としていろんな物渡されたんだけど。

「なんか怖くて開けられない」

普通に有用な物入れてきそうな先輩やベニート卿《きょう》。

ウケ狙いか真面目に入れてくるかどっちか分からない結花や聖女。

いやな予感しかしない姉さんとアネモーヌ。

「先輩とかのなら見ても良いんだけどな……まあ今日は疲れているし、開封は明日にしようかな？」

リュディは頷いた。

「それが無難かもしれないわね」

四章　馴染もう、女学園

「ん……んんーっ」

　あくびをしながら体を起こすと、机で何か作業をしていたななみがこちらに気がついた。

「おはようございます、ご主人様」

「おはようななみ、よく眠れたか」

　ぐーっとのびをして、硬くなった体をほぐすために少しだけ腰をねじる。

「それはっ、そのぉ。もぅ………ご主人様ったら。知ってらっしゃるくせに」

「意味深な感じに話すな」

　まあトイレに起きた時普通に寝てたな。俺のベッドで。なんで。最初隣に布団敷いてたよね？

「本日の朝はどうされますか？」

　どうされますか、とは多分日課の素振りとランニングだろう。

「一日休むと体が震えたり物事に集中できなくなるんだよなぁ」

「お薬されていると勘違いされそうですね。あ、いえ。その……」

「だから意味深に話すな。とはいえ、どこでやれば良いんだろうか？」

ここはツクヨミ魔法学園ではないからなぁ。勝手に使っても怒られなそうなところが良い。

「とりあえず校舎の隅で素振りだけでもしようかな。後は九条《くじょう》さんにでもおすすめの場所を聞くか」

「そうですね。では合体して行きましょう」

なんで合体と一瞬思ったが、すぐに理解した。

思い出したくもないがここは女学園である。忘れていた、というより自分の中にある防衛機能が記憶を改ざんしたのかもしれない。何で俺こんなところにいるの？

頭の中で愚痴っていても仕方ないか。

それからすぐにななみと合体し部屋を出ると、誰もいない廊下を歩く。

『今度は授業かぁ……大丈夫かな』

頭の中でななみにそう話しかける。ここに来てから不安なことだらけだ。

『またもや大きな山場の一つでしょうね』

『そうだな』

すでに生徒会、寮と二つ山を越えて、今度は初授業という山である。日本アルプス縦断

ら。

でもしているのかな？

『私がフォローを随時いたしますのでご安心ください』

ななみはメイドとしては正直パーフェクトであるから、家庭科のような授業に関してな

『確かに心強いんだが、リュディが居ないのがな』

俺が男だと知っているリュディは伊織《いおり》と一学年へいくことが決定している。そうすると二学年に潜入する俺の事情を知っている人は居ない。三学年だったら九条さんがフォローしてくれるんだろうが。

『授業自体は大丈夫でしょう、それよりも社交です。まずクラスメイトと打ち解けることから始めなければなりません』

『確かに。生徒達と何を話せば良いんだろう？　会話した後にお金渡した方が良いのか？』

おっさんがお嬢様学校の生徒と共通の話題を持っているとは思えない。

『パパ活ではないのですから、お金を渡す必要はないでしょう。むしろご主人様に話しかけていただいてるのですから、こちらが貰わないと割に合いません』

『俺は一体どんな芸能人なんだ……？』

『どうしても心配であるのなら、宴会芸で度肝を抜きましょう。マグロ解体ショーなどいかがでしょうか』

『物理的にキモ抜いてどうすんだよ。クラスメイトだけで無く魚までキモ抜かれてるぞ』

『いっそのことご主人様がマグロになるのは？』

『解体される側じゃねーか！』

俺のキモが抜かれるぞ！

『まあ冗談はおいておきましてななみにお任せください。ななみの宴会芸は女神以上だと自負しています』

『それこそ冗談だよね？』

と会話しながら寮を出る。

それから少し歩いて誰もいない場所を見つけると、訓練用の太刀を用意し素振りを始めた。

『さすがに走る場所は見つけられないな』

走れそうな場所はあるのだが、走って良いのか分からないからな。ランニングマシーンを持ってきて、部屋に設置すれば良かったかもしれない。下の階に響くかな。

『では私は黙っておりますね』

『おう、悪いな。俺の行動に付き合わせて』

ななみにそう謝る。他者の時間を使うというのは個人的に申し訳なさ半端ない。

『ご主人様の力になれていることが私一番の幸せです』

『ずっと力になって貰ってるんだけど……』

『ええ、ですから私は世界一幸せ者です』

なんかちょっと恥ずかしくなってきた。

素振り、しよ。


皆がきちんと制服を着こなす中で、どでかく赤いストールを所持するのは俺くらいなものである。

そのため好奇な視線を集めることは分かっていた。ただ意外にもクラスメイトになるお嬢様方は、真っ赤なストール姿の俺に対して突っ込みを入れることはなかった。

ありきたりな質問をされるぐらいである。俺の前に来た彼女、ミレーナさんもそうだ。

「瀧音《たきおと》様はダンジョン実習はどうされるのですか？」

茶色い髪をやんわりカールさせた彼女は、そう言う。

「もちろん、参加します」

ネトゲネカマ時代に知ったことは、女性キャラを使用している際にはとりあえず敬語で話しておけ、ということである。丁寧な言葉遣いかつ見た目がそうであれば、相手は勝手に女性と思い込んでしまうのだ。なんでお願いしてないのに彼らは貢ぐんだろ。

まあ、こんなところで役立つんだから、良かったということにしておこう。

「すぐにでも挑戦される、とか？」

「そうですね。できれば早めに挑んでみたいなと思っておりました」

今回このアマテラス女学園に来たことは、悪いことばかりではない。

それはこのイベントでしか入手できないアイテムがあったり『アマテラスダンジョン』に挑戦できる権利があることだ。

アマテラスダンジョンは、アマテラス女学園の敷地内に存在するダンジョンでありここの学園生や関係者しか入ることが許されていないダンジョンである。また今回発生している事件を解決するにあたって、関係してくるダンジョンでもある。

内部はどうなっているのかといえば、ツクヨミ魔法学園に近いといえば良いだろう。低層では弱めのモンスターが出現し、深層に行けば行くほど敵が高レベルになっていく。フロアも多種多様で、全攻略するには洞窟、廃墟《はいきょ》、雪山、火山等様々な属性地形の攻略が必要だ。

またここにはレベル上げに有用な階層がある。ななみ、リュディ、伊織がいることから、敵の殲滅《せんめつ》に時間もかからないだろうし、リポップ（モンスターの出現率）も悪くない。

時間があるなら、しばらくそこにこもりたいぐらいだ。

またツクヨミ魔法学園ほどではないにしろ、魔法使いのための設備はそれなりにそろっている。

優先事項はもちろん学園の事件解決ではあるが、自分の強化も考えて行動できれば最高なんだが。

「もしお相手がいらっしゃらないようでしたら、私達とご一緒にいかがでしょう」

おお、と心の中で驚く。

「あれを見てよく誘おうと思われましたね」

それは先の授業である。放出系の魔法を全くと言って良いほど扱えない俺を彼女達は見ている。先生が直々に教えてくださったのだが、やっぱり駄目だった。この体質は治りそうもない。

「人には得手不得手がありますわ、たとえ遠距離魔法が不得手でも身体強化が得意な方だっていらっしゃるわ。うちのクラスにもそういう方が居ますし、スサノオ武術学園の獣王さんだってそうでしょう？」

確かに身体強化とか基礎ステータスだったら獣王の独壇場なんだよな。可能性の種があるから最終的に基礎ステータスなんて意味なくなってくるんだけど。

「でも私が獣王のように身体強化が得意とは言い切れないのでは？」

とミレーナさんに言うと、ご冗談を、と笑われた。

「今までにいろいろな方を私は見てきましたわ。その身のこなしでそんなことはありえません。私だけでなくクラスメイトは皆、気が付いているでしょう」

だから放出系がからっきしでも何も言わなかったのだろう。

「それでどうですか。一緒にアマテラスダンジョンへ行きませんか？」

再度、彼女は誘う。お願いしますと言いたいところではあるが残念ながらすでにお誘いがある。

「誘っていただけて非常にうれしいのですが、実はクリスさんが声をかけてくださったので、そちらにお願いしております」

クリスさんは寮を案内しながら、皆をダンジョン攻略に誘ってくれたのだ。まあ彼女の本心はツクヨミ魔法学園の実力を知りたくて声をかけたんだけど。

多分彼女は俺達の実力が高いため驚くだろう。そのせいでクリスさんが一番悩んでしまうルートに入ってしまうかもしれないが。ただクリスさんが一番成長できるルートでもあるんだよな。

「あら、ガウス様ですか。残念です。でもガウス様でしたら安心ですね」

「安心ですか？」

本当は彼女が『安心』と言う理由を知っているが、あえて聞いておく。

「ええ、ガウス様ったら少し言葉はお強いですけれど、とても面倒見が良いし二学年でも屈指の強さをお持ちですから」

「そうだったのですね」

「ええ、私も以前一緒にダンジョンへ行きまして助けていただいたの。お世話になってるのは私だけじゃないと思うわ」

ゲーム内での彼女の実力は副会長や紫苑《しおん》さん程度だろうか。しかし現時点では紫苑さんや副会長が明らかに大きな成長を遂げているため、紫苑さん達に負けるだろう。

「そうだったのですね」

と俺らが話していると、一人の女性が声をかけながらこちらに近づいてきた。

「おう、瀧音ななこだっけ？　どうここは？」

現れたのは青いピアスをした短髪の女性だった。ボーイッシュな彼女は椅子ではなく近くのテーブルに腰掛けると片足を椅子の上に置く。学園には珍しい、ちょっとお嬢様らしからぬ子だ。

とチラリと見えたショーツにななみが反応する。

『青ですか。少し大人向けのデザインですね。それにヒモとは……一般生徒にしてはなかなか……』

『いちいちショーツの色を報告しなくて良い』

「瀧音様？」

茶髪のお嬢様が俺を見て首をかしげる。ななみに突っ込みを入れてただけなのだが、変な顔をしていたかもしれない。

「なんでもないです。ええと、こちらは？」

「ああ、あたしのことはサットンで良いよ。ななこちゃんで良いかな？」

「こちらは聡美《さとみ》さんですわ。ちなみにサットンと呼ぶ方を一度も見たことがありません」

聡美さんは、はぁーあと大きなため息をつく。

「あー堅い堅い。学園のほとんどみーんなこんな感じなんだよ。かったるいでしょ？　大丈夫、せんせが見ていない時なら適当で大丈夫だから。なんならお尻かいても大丈夫。かいてあげようか？」

「それはちょっと……」

ぜひお願いしたいところではあります。逆にこちらにかかせていただいても結構です。てか他校の代表で来たのに尻かいてたらだめでしょ。

と俺が困っているのを見かねたのだろう、ミレーナさんが割って入ってくれる。

「ごめんなさい聡美さんが。これでも悪い方ではないの」

「これでもってどういうこと、これでもって？　あたしがいつそんなことをしたって？」

「思い当たる節が多すぎて、どれを話せば良いのか……とりあえずこのお下品な尻と足ですね」

そう言ってちらりとスカートをめくる。多分そんなところに腰掛けるな、と言いたいのだろう。いろんな意味でヒモになりたい。

「あんたは見た目だけお嬢様だよな」

と今度は聡美さんがミレーナさんのスカートをめくる。黒のTバックだと……。

彼女らが恥じらい無くめくるのは、俺が女に見えているからだろう。男だと知られた時の反応が怖い。

「あら私は聡美さんとは違いましてよ」

「あたし以上だと思うんだけどね……どうしたそんなにニヤニヤして？」

どうやら顔に出ていたのだろう。ななみは『ふむ』と頷いた。

『ご主人様はパンツを見るとニヤニヤする、と。いつも通りで安心しました』

『普段から変態みたいな言い方するのやめて』

「いえ、話しやすい方々だなって。これなら学園生活もなんとかこなしていけそうです」

俺がそう言うとミレーナさんは聡美さんのほっぺをつねりながら笑みを浮かべた。

「そう言っていただけると嬉《うれ》しいわ」

「ほういえや《そういえば》どぅだった？　ふぁ《誘》そったんだろう？」

と聡美さんが言うと、ミレーネさんは首を横に振る。

「ガウス様に先を越されてましたわ」

舌足らずだったがミレーナさんはしっかり聞き取れたらしい。

「あーまぁアイツはそういうのしっかりしてるからなぁ。しかたないね。でも機会があれば一緒に行こうよ」

「お願いします」

と俺が言うと聡美さんは大きなため息をつく。そしてじろじろと体全体をなめ回すように見てきた。

「はーっ」

「どうしたんですか？」

「いや、ね。偏見で感じてただけなんだけど、なんとなくグイグイ来る系の子かなって思ってたんだよね。見た目的に」

と聡美さんが言うも、ななみは頭の中で肯定する。

『ご明察の通り結構グイグイ来られる方ですね。特に夜など……』

『眠気かな？　何のことかさっぱり分からない』

あんまりグイグイしてないと思うが。

となななみに突っ込みを入れているとミレーナさんがそういえばと話し始める。

「料理とかも得意だったりされるの？」

「たまにします、という程度ですね」

「料理できるなら生活基礎も大丈夫か」

と聡美さんが言うも、聞き慣れない言葉があったため問い返す。

「生活基礎ですか？」

ミレーナさんは納得したように頷《うなず》いた。

「ああ、そうですわね。普通の学園にはないのかもしれませんわ」

「生活基礎は……家庭科みたいなものだよ。明日は料理、じゃなくて裁縫をするとかだったな」

へぇと頷く。そういう授業もあるんだなぁ……。明日か。やばいかもしれない。

「裁縫はそれほど得意ではないかもしれません」

とはいえ俺には。

『まあそこは私にお任せください』

『頼りになるメイドがいるから、問題は無いだろう』

「あー大丈夫大丈夫。それほどの技能を求めてるわけじゃないから。基本は魔法系の授業。それにツクヨミ魔法学園の生徒だもんね、別にできなくったって単位関係ないし誰も何も思わないよ」

「少し安心しました」

「それよりも、ふふっ」

聡美さんはそう言って俺をねっとりとした目つきで見る。

「どうしたんですか？」

「明日さ、模擬戦があるらしいんだよね。それがちょっと楽しみだなぁって」

「あらそうでしたの？」

とミレーナさんが相づちを打つ。

「たまたまさっき先生に聞いてね。ねえ、ななこちゃん。一戦どうかな？」

呼び方を拒否も承諾もしてないせいか、ななこちゃんになったらしい。

まあ模擬戦の相手は誰でも良いか。

「お手柔らかにおねがいします」

ただしツクヨミ魔法学園の代表として来ているのだ。下手な試合は見せられないな。

「ん、メッセージ？」

彼女らと話していると毬乃《まりの》さんに買ってもらった二代目スマホにメッセージが届く。それをちらりと見る。

「九条さんからだ」

「あら、九条お姉様から⁉　連絡先を交換されているのですね。うらやましいですわ」

と羨望のまなざしで俺を見るミレーナさん。

「へぇ、なんだって？」

聡美さんも興味津々といった様子で俺のスマホをのぞき込んできた。

一応見せられない内容である可能性も無《な》きにしも非《あら》ずだろうし、聡美さんに背を向けてさっと内容を確認する。

『なぜでしょうね？』

ななみはそれを見て呟《つぶや》く。見られても良い内容だったから、俺は見ようとしつこい聡美さんにも画面を見せた。

書かれていたのは『来られそうならば生徒会室に来てください』という一文だった。

生徒会室には九条さんだけではなく、幾人かの人がいた。そこにはクリスさんの姿もあり、彼女は俺を見ると気さくに声をかけてくれる。

「ごきげんよう、ななこさん。初授業はどう？」

「ツクヨミ魔法学園とはまた違いますね。学ぶことの多い時間でした」

と嘘をついておく。ツクヨミ魔法学園ではまともに授業なんて受けてないからな。特に魔法系はさっぱりだからまったく比べられないぞ。

「そ、吸収できるだけ吸収すると良いわ」

「クリスさんは今日あまりお姿を見かけませんでしたが、何かされてたのですか？」

「生徒会の方でね。明日は一緒に受けられるわ」

九条さんの配慮か、俺は生徒会の役員であるクリスさんと同じクラスに入ることとなった。まあここも選択授業が多いから、授業がかぶらなければ話すこともそう多くないだろうが。

「そういえば今日はどうしたの？」

「九条さんに呼ばれまして」

と俺が言うとクリスさんはチラリと奥を見た。あちらにいるらしい。

ありがとうございます、と九条さんのいる部屋をノックし入室した。

「ごきげんよう、瀧音様。こちらの学園生活はどうですか？」

相変わらず綺麗《きれい》で上品なお嬢様だ。

「正直に申し上げると、いろんな意味で不安ですね」

と答えると、彼女は苦笑した。

「ここは皆がいます。話しにくいこともあるでしょうし、少し付きあってくださいませんか」

俺は頷く。九条さんと一緒に退室後、案内されたのは学園の庭園だった。

九条さんの学園内の人気は、モニカ会長の比ではない。

それは圧倒的に九条さんが人気があるという意味で。というのもツクヨミ魔法学園ではファンクラブが三つあって、人気が分散している。

それがモニカ会長に集中したら九条さんのようになっていただろう。

「ごきげんよう、九条お姉様」

「ごきげんよう。あまり慌てないようにね」

すれ違う人のほぼ全員が九条さんに挨拶しているんじゃないかって思うくらい声をかけられる。感激で泣きそうな子もいるんだけど、人気が限界突破してる感がある。

そして誰だこいつ？　といった変な視線も送られるし、尋ねられることもあった。まあ自分はツクヨミ魔法学園の生徒だと答えると、納得したように去って行った。

「すごい人気ですね」

キラッキラな羨望のまなざしを受けながら歩く九条さんを見て思わずそう言う。

「ありがたいことですわ。ただ少しプレッシャーになることもあります」

そう言って彼女はチラリとこちらを見る。そして今度は庭園前にあるベンチに視線を向けた。

俺は持っていたハンカチをベンチの上に敷くと、ここに座ってくださいと九条さんをうながす。

ありがとうございます、失礼します。とベンチに座ると九条さんは笑った。

「そんなかしこまらなくて大丈夫だわ」

「いえ、尊敬する方に失礼をしたくないので」

「尊敬、されるほどの人間ではございませんよ。ほら、現に今私は自分の力の限界を知ってツクヨミ魔法学園や毬乃様に協力を依頼している身ですから。お恥ずかしい限りです」

と彼女は言う。だけど俺はそう思わなかった。

「何もそう卑屈に捉えることは無いと思います。俺から見たら感心と尊敬ですよ」

「感心と尊敬ですか？」

「九条さんが毬乃さんに助けを求めたのは英断ですし尊敬に値する行動だと思います。少なくとも俺が九条さんの立場で他校に助けを求められるかといったら、そうはできないと思いますし。リスクを承知で俺達を招いたりとかもです」

自分にできないと分かったらできそうな人を探して頭を下げてまでお願いする。ばれたら自分の立場が悪くなるが、生徒の安全を守るためグレーラインどころか完全なアウトな男性入学をもさせてしまう。

普通の人には無理だよ。

「学園や生徒のために、自分の顔に泥を塗る覚悟で行動できる姿は尊敬でしかありませんよ」

俺がそう言うと彼女はほんの少し照れくさそうに笑った。

「まさかそう言っていただけるとは思ってもいなかったので、少しくすぐったいですね

……」

「それで、どうされたのですか？　わざわざ俺を呼び出して」

「一つは二学年でまた体調不良を訴える生徒が出たことです。資料は今お送りします」

「二学年で、ですか」

「はい。二学年でしたのでクリスティーネにいろいろ調べさせてあります。また以前から不思議な現象が起きていることを瀧音様に報告するよう話しておくので、後ほど報告があると思います」

「なるほど、では自分も何かしら聞き込みして調べてみたいと思います」

と俺が言うとななみが頭の中で
『ご主人様だけをお呼びでしたのでてっきり愛の告白かと』

と茶々を入れる。

『なわけないだろう』

イケメンならともかく、チャラい男に見えるしな。

突っ込みを入れてると九条さんはそういえば、と話を切りだす。

「アマテラス女学園の生活一日目はどうでしたか？」

「どう皆さんに声をかけて良いのか分からなかったんですけど、ありがたいことにあちらから声をかけてくださって……」

マジで助かりました。

「そうですか。それは良かったです」

と彼女は笑う。そしてふと思い出す。

「そういえば先ほど呼び出した理由を話した時に一つ目と言ってましたよね？」

一つ目ということは。

「ええ、もう一つあります。実は少し瀧音様とお話をしてみたいと思いまして。ご存じかとは思いますが、九条家と花邑《はなむら》家は遠いですが親戚関係ですし」

うん、初めて知った。何その設定。まあだからこそツクヨミ魔法学園の学園長である毬乃さんに協力を依頼したのかと納得はできる。

「ええとご存じ、ない？」

「すみません。毬乃さんが親戚ということも寝耳に水でしたからね」

もしかしたら俺の境遇を知っているのかもしれない。彼女は悲しそうな顔をして俺の手を取る。

「あなたは今一人ではありませんよ」

「学園に来てからいろんな友人と出会いましたし、何より毬乃さんやはつみさんが親身になって接してくださっているのでなんとも思ってませんよ」

「そうですね、親戚には私もいますし。そうだ。今後は私のことは華《はな》と呼んで」

「華さん、とお呼びしたらあらぬ噂《うわさ》を立てられそうで怖いです」

特にアマテラス女学園では。

「ふふ、それは否定できませんね。ではあなたが瀧音幸助《こうすけ》の時はしっかりそう呼んでください ね。呼ばれた時に心臓がキュンッとしてしまいましたわ」

心臓がキュンッ、って人生で一度は言われてみたい言葉だ。言われたか。

そんなことより呼び方か。まあほとんど会うことはないだろうし。

「はい。その時は。俺のことも呼び捨てで大丈夫です」

「そうね、名前は今から呼び捨てで呼ばせて貰おうかしら。ね、ななこ」

生徒会室から学生寮へ戻るとリュディ、伊織と合流する。リュディは普段通りだったが伊織は肩を落とし、疲れたような表情をしていた。普段より一回り小さくなったように見えるぐらい肩を落としている。

「大丈夫か伊織？」

「こう……ななこさん。もうダメかもしれないです」

ちらりとリュディを見る。伊織を見て悲しそうな表情を浮かべた。

「彼は頑張ったわ」

いったい何があったのだろう。何があったのかは分からないが疲労困憊《ひろうこんぱい》になるのは分かる。だって俺も疲れたし。

「とりあえずご飯食べようか」

夕飯は寮の食堂を利用することになった。しかし食事の時間はまちまちだし、寮には学園生達が自炊できるように共用キッチンなんかもあるため、全員が全員いるわけではないようだ。

「これで注文するみたいだね」

伊織は九条さんから前もって預かっていた学生証を席の前に置かれた端末にかざす。すると本日のメニュー一覧が、俺達の前に映し出された。メニューには値段が書かれており、注文するとクレジットが減っていくようだ。ただ今回はアマテラス女学園持ちのため、クレジット残高が最初からすごいことになってる。

とりあえず俺は日替わり定食を、伊織は日替わりプラスデザートを二品頼んだ。二個食べるのかと思わず聞いてしまった。

リュディは散々悩んだ末、日替わりを選択した模様。煮干しラーメンと悩んだんだろうな。

普通においしい食事をさっさとすませ、俺達はいったん自身の部屋に戻る。そして一時間もせずに伊織が俺の部屋に来た。

「なんだか居心地悪くて……」

気持ちは分かる。俺だってなんかそわそわしちゃうし手が痙攣《けいれん》しそうなんだよね。夕方の訓練してないからかもしれないが。

「そういや伊織は桜《さくら》さんと合体したままでも大丈夫なのか？」

「うん。桜さんは最近力を使ってばかりだったから、僕の中で少し休むって。だからしばらくはこの格好だよ」

と苦笑する。

「そうなのか」

ななみの方は合体しっぱなしだと少し疲れてしまうらしく、寝る時などは解除している。解除すると毎回ついてることに安心するんだよね。あれが。

それからしばらくしてリュディも部屋を訪れる。まあ皆がいるなら大丈夫か、とななみとの合体を解除する。なんかもう慣れてきた感がある。

さて、皆が集合したのならしておきたいことがある。

「皆集まったことだし……」

現状を報告し合おう、と言おうとした時に伊織がポンと手を叩《たた》く。

「あ、アレだよね！　大丈夫！」

何が大丈夫か分からない。すごく嬉しそうな伊織に突っ込みを入れられずにいると彼は立ち上がった。

「じゃあ僕、準備してくるね！」

そう言って部屋を出ていく。すぐにリュディを見ると、行動についていけなかったのかほぇぇとばかりに扉を見ていた。多分俺も同じような顔をしていたんだろうな。

「行ったな」

「行ったわね」

あれ、準備って必要か？　それになんで嬉しそうにする必要があるんだ？　と疑問だったがそれはすぐに氷解した。

彼がニッコニコ笑顔で持ってきたのはトランプと人生的なボードゲームであったから。

「………………い、伊織？」

「えっ？　あっごめん。ウノだよね……オレンジ君と遊んだ後に忘れてきちゃった」

違うウノじゃない。修学旅行で出てきがちなアイテムが今ここで出てきたことに対して驚いているのだ。

「伊織様ご安心ください、私に用意があります。またマージャンや花札もあります」

「よかったー♪」

あれ、何か混乱してきた。

「なあリュディ？　俺がおかしいのかな？」

「おかしくないわよ」

「まあご主人様。トランプしながらでも相談はできます。始めましょう」

まるでマジシャンのようにカードを空中で扱うななみ。宴会芸得意は伊達じゃないみたいだ。

伊織は一瞬きょとんとするも、すぐに笑顔に変わる。

「なんのこと……ああ、うん。そっちだね！」

ああよかった。ほっと息をつく。

伊織は非常に真面目な性格だ。宿題だってしっかりやってくるし、誰かと約束したことは守る。そして正義感が強い。

だから学園の生徒達に起こる謎現象に関して調べ――

「学食のプリンがすっごく上品でおいしいんだって！」

――てるはずなんだけどなぁ、思わず頭を押さえる。

「おい、伊織。確かにそれは重要なことかもしれないが、俺達はプリンを食べにわざわざ来たわけじゃないんだぞ」

そのためにいろいろと大切な物を失ったりしたじゃないか。

本題に入らなそうだったので俺が学園生活になじめそうか聞く。伊織はカレーと聞いていたのにシチューが出てきたような微妙な顔をした。何の顔だよ。

「とりあえずなんとか乗り切ったって感じかな、今後どうなるか予想がつかないんだ」

話を聞くに、どうやらなじむことに精一杯で調査に関しては進んでいないと。

気持ちは分かる。女学園に来たら基本的に普段の生活するので精一杯になるからな。俺だって九条さんから話をして貰わなければ進展ないし。

「リュディはどうなんだ？」

「私は少しだけだけど聞いてみたわ。私に声をかけてくれた人に一人被害者がいたのよ」

おお、と頷《うなず》く。

「どうしたのよ？　まさか私が本来の目的を忘れているとでも思ったの？」

「さっきの伊織の件があるからさ、てっきりおいしいラーメン屋について聞いて回っている可能性もあるのかと……」

「あのね、そんなことしてないわよ」

「すまんすまん。そうだよな」

彼女はラーメン中心の行動をすると思っていた節がある。そうだよ、当然だよなぁ！

「出会ったばかりの人にラーメン屋を聞くのはちょっと恥ずかしいわ。もう少し仲良くなってからよ」

前言撤回しておこう、ラーメンに染まってる！　まあそれは良いか。

「とはいえ大きな進展はないわ。単純に体調を崩したとだけしか聞けてないし」

「まあ原因が分かれば九条さんも解決に導いてるだろうしな。九条さんといえば、今日ちょっと話した時に二学年でまた発生したらしいことを聞いたぞ。ついでに朝修行できそうな場所も聞いた」

話し終えるタイミングでななみがカードを配り終える。大富豪らしい。久しぶりだ。

「早速被害者、ね。私達が来て一日目よ、タイミングとか考えてくれないのかしら？」

「ほんとだよ。僕達の都合も少しは気にしてほしいんだけれど」

伊織はカードを出しながらつぶやく。

「そうしてくれれば苦労しないな」

「そういえば、事件が発生した場所とか時間とかの規則性は無いのかしら？」

「まあ簡単な規則性だったら九条さん達も気がついてそうだよな」

リュディが自分のカードを出す。うーむパスだ。

九条さんやアマテラス女学園の生徒会だって事件について調べているだろうし、見つけていたっておかしくはない。

「私《わたくし》が毬乃《ババア》や九条様とデータを確認いたしました。活動時間から見るに誰か学園生がこの事件を起こしている、または手引きしているのではないかと推測しています」

ななみがカードを出し場を切る。そして小さい数字のカードを出し、着実に手札を減らしていく。

「それはなぜかしら」

「バラバラで規則性は無さそうに見えますが、皆様が全員眠っている時間帯がゼロのように見受けられたからです。ただし眠っているからこそ気づかない場合もあるでしょう。一応体調不良で休んだ人のデータ出力と確認をお願いしております」

「それで少し進展があると良いね」

と場を切るカードを出す伊織。八切りありで、十捨て、イレブンバック、階段はなしだ。俺もカードを出してと。

「初日だからこんなものか」

「まず学園になじむことが最優先かと存じます」

と言いながらななみが最後のカードを出し上がる。

「そうね。まずは日常生活から。そういえばスーパーシスターの選挙が近いらしいわね」

とリュディが言うと伊織は頷く。

「あっそれ僕も聞いた。今年は去年に比べると票が分散されているんだってね。ガウスさんとかヴェストリスさんとか……」

そうなんだよな。それがあっていろいろ問題が起きたりもするし、今回の事件が起こるきっかけの一つになってたりするし。

「そういえば学園生のほとんどが九条さんのことをお姉様と呼んでいてびっくりしたよ」

伊織がカードを出す。

「ああ、スーパーシスターのことは尊敬と親愛を込めてお姉様と呼ぶからな。たとえそれが同学年でも。俺上がりな」

と、最後のカードを出す。

「僕達もお姉様って呼んだ方が良いのかな？」

伊織がそう言うとリュディは首を振る。

「必要無いと思うわ。他学園の人に言われると怒る人が居るような気がするし。単純に敬意を払って話すだけで良いと思う」

リュディは最後のカードを出す。リュディは頭が良いし結花《ゆいか》やななみ達とたまにトランプして鍛えられてるから、結構強いんだよなぁ。

伊織が自分の手札を見る。そして俺達の持つカードを探す。しかし誰も持っていない。

「もう一回お願いします」


現状報告（トランプ）を終えて、俺達は解散する。とはいっても俺の部屋だから俺は残るだけだが。

「明日はどうされますか？」

ななみは俺に尋ねる。

「本格的に聞き込みを始めようかな。ただ授業がちょっと不安だよなぁ」

事件の根本についてはもう知っているからそこまで心配ではないんだけど、それよりも授業が不安だ。

「もしや裁縫の授業ですか？」

「簡単にボタンをつけるとかなら、今も多分できると思うが」

料理だったら楽勝なんだけど、裁縫なんて十年単位でしてないんじゃなかろうか。玉結びとかうろ覚えだぞ。

「そこはお話ししたとおりななみにお任せください。パーフェクトメイドの私にとっては裁縫など朝飯前です」

「そうか、ならお願いするかな？　まあ俺がやっても良いんだけどな」

ミレーナさん曰《いわ》くできなくても関係無いっぽいし。

「私はどちらでもかまいません」

「どうせなら自分でやってみようかな、将来使うかもしれないし、趣味になるかもしれないし。ただ今のうちに基本を覚えておくかな」

フラン副会長や借金先生《ルイージャ》が得意なんだよなぁ。

「ならば少し練習しておきましょう」

少々お待ちくださいと、ななみは荷物をあさる。出てきたのは大きな生地だった。

「ご用意するのは、普通の生地です」

「多分『ご主人様ＬＯＶＥ』と書かれた生地は普通では無いと思う」

世界探しても無いんじゃないかな？

生地を裏返すと彼女は線を書いていく。なんとなくだけど、ななみが何を作ろうとしているかが分かった。

「エプロンか」

「基本的な技術で作れますからね。学校でも取り入れているところがあるのではないかと」

確かにエプロンを作る授業があったような無かったような？

「よろしければ女体化して作業しましょう。多分そちらの方が分かりやすいかと」

確かに視点は自分の方が見やすいよなぁ、ということでななみに合体して貰う。

すぐにミシンのような物を取り出すと、彼女は手際よく糸の準備をする。ものの三十分もせずに彼女はエプロンを作ってしまった。

『めちゃくちゃ早いな』

頭の中でななみに声をかける。

『まあ、シンプルなタイプですので……それではできばえを確認しましょう。さ、ご主人様。服をすべて脱いでください』

『なんで服を脱ぐ必要があるの？　デフォが裸エプロンっておかしいだろう』

服の上からつけて良いよね、しれっと脱がせるんじゃねーぞ。

『大丈夫です、ガーターベルトは別で用意しました』

『どこにつけるの、肉挟まざるをえないよね？』

『料理の際は注意してください。防御力が低いため油がはねると馬鹿にならないダメージを負います』

『裸エプロンの皆さん気をつけて！　炒《いた》め物《もの》と揚げ物は駄目だ！』

『そんなことよりご主人様ですよ。どうですか、できそうですか？』

『ななみが話を変えたんじゃないか！　裁縫の方はさっき見てたしな、体の動かしかたも分かるしなんか簡単に……ん？』

「ん!?」

重要なことに気がついた。え、嘘だろ？　と自分の中で考える。やってみないと分からないか？

やばい。なんか脳汁とか、変な汗止まんねぇ。

『ななみ、ちょっと俺にもやらせてくれ』

布を用意してななみと同じように作業を行う。

ななみほど完璧とはいえないが、想像以上にうまくできたと思う。あと一、二回ほどやればマスターできるであろう。

ななみはその異常性に気がついたようだ。そしてまたその応用性にも。

『これはすさまじいですね。もしかしたら逆もしかり？』

『ちょっと試してみよう』

それは俺とななみがこれから強くなる上で、非常に大きな可能性を見つけた瞬間でもあった。

五章　思わぬ収穫

ななみと昨夜色々試して分かったことは、ななみが覚えたスキルや体捌きを俺が簡単にマスターできるということである。

ななみが俺の体を直接動かすことで、俺が体をどう動かせば良いか分かりやすいのが理由かと思われる。

だけどやっぱりというか遠距離が苦手なのは変わらなかった。ななみがファイヤーボールを唱えようとしても、思い通りに生み出せないしあさっての方向へ飛んでいくし、これは無理だと二人で納得した。

それ以外の俺と相性が悪いスキルも習得は無理だと思う。長時間試したわけではないから分からないが。

だけどさ。

「思わぬ収穫だな、これ」

「そうですね」

「まさか漫画みたいなことが俺にもできるとは……」

どうせならあの忍者漫画みたいに多重に影分身できれば最高だったんだが。影分身達全員の経験値を集められるとかチートスギィ！

まあ今の俺もチート的だよなぁ。

「残念なのはななみにはあまり恩恵がないことだな」

エンチャントや居合いがしやすくなったと思うと言っているものの、俺ほどではないらしい。体が俺ベースだからだろうか。ななみの体で動けたら変わってくるかもしれないが。

「なんか申し訳ないな」

他人の時間を奪うような気がして、とても申し訳ない。俺がそう言うとななみは首を振る。

「……ご主人様はからくりの城での出来事を覚えてらっしゃいますか？」

「からくりの城での出来事？」

「はい。確かご主人様は自分の能力アップのためにあのダンジョンへ行くことになってましたよね。本当でしょうか？」

「いや、本当だぞ？」

「いえ、一番の目的は私や雪音《ゆきね》様、結花《ゆいか》様を成長させることだったのではないかと、私は思っているのです。特に一番恩恵を受けたのは私でしょう」

まあななみに対してとても良いダンジョンだなと思っていたのは事実だ。でも俺も成長できるし、単純に一石二鳥としか思ってないんだよなぁ。

「ご主人様は私に色々もたらしてくれる。今度は私がご主人様に返す番です。つまりななみのターンです」

「なんだよななみのターンって」

「ともかく今後は手分けしてスキルの習得をするのがご主人様にとっても良いかと推測できます」

「そうだなぁ。からくりの城でななみが得たスキルを俺も得られたのは嬉《うれ》しい」

後でとらないとなぁ、と思っていたスキルも得たしな。そして。

「後は何のスキルを教わろうかな」

「おすすめは宴会芸ですね」

「それはいらん」

ななみと今後どう訓練していくかの予定を立て、日課のランニングと素振りを行う。そしてシャワーで汗をながし、伊織《いおり》とリュディに合流した。

「ガウスさんからリュディさんに連絡があったんだけれど、どうやら例の件で話があるらしいんだ」

朝食を食べながら伊織はそう話す。

「ああ、それか。昨日九条《くじょう》さんと話した時に後で報告があるって言われたな」

「ああ、あの件ね」

リュディはそう言うとティーカップに口をつける。上品だ。

まれに貴族であることを忘れるんだよな、花邑《はなむら》家とか。

そういえば貴族で思い出したが。

「九条さんから興味深い話を聞いたな」

「何の話よ？」

「ええと、簡潔に話すと花邑家と九条家についてだな」

リュディはなるほどと納得した。

「ああ。今の九条家があるのは花邑家のおかげでもあるものね」

なんか思ったより関係が深いみたいだ。まあ後で毬乃《まりの》さんから聞こうかな。てかリュディの方が花邑家に詳しい可能性が。

「そっかぁ。なんだか複雑そうだね……うわぁこの鮭《さけ》おいしいなぁ」

「確かにうまいな」

しっかり皮に焼き目をつけてるのポイント高い。

「でも今は家のことより事件よね。私達も情報収集始めないといけないわ」

「そうだな、だがとりあえずクリスさんと話してみるか、いつ頃だって？」

「ついでに学食でお昼ご一緒にいかがですか、って来てるのよ」

リュディは俺にメッセージを見せてくれる。

「ＯＫで返事するか？　皆は予定ないのか？」

「僕はないよっ！」

ずっと思ってたけど伊織、見た目も口調も僕っ子だから普通にＫＡＷＡＩＩんだよなぁ。なんか伊織だとこれ以上無いくらいにしっくりくる。学園で私に直そうとしている節があるけど、通ならやっぱ伊織は僕だ。ただ僕が続けば間違いが起きてもおかしくないな。

「なら返信するわね」

リュディの声で現実に戻る。僕ッ子ワールドへ飛んでた。それにしても。

「お昼か。でもその前に俺はクリスさんに会うんだよな」

クラス一緒だし。


それから午前の授業が終わると、一緒に授業を受けていたクリスさんと学食へ行く。そしてすでに待っていたリュディや伊織と合流した。どうやらクリスさんは個室をとってくれたようで、全員分の席を探す必要はなさそうだ。

ご飯を食べながら話したことは、華《はな》さんから聞いていたとおりで昨日の事件に関しての説明である。

「と、実は原因不明の体調不良を起こす者が増えてきてるの、生徒会が忙しい時期にね」

吐き捨てるようにクリスさんは言った。

「そうだったのですね」

としらばっくれたことを言うリュディ。私達は全部知ってます！

「もし何かあれば、僕……私達もお手伝いします」

「いえ。生徒会では解明に向けて動いておりますので、何かございましたらご報告いただければと。それに他学園の生徒を危険にさらすことはできないし」

まあ、当然の反応だよなぁ。

「ただ九条お姉様からは、私達の持たない知識を持っている皆様に頼っても良いかもしれない、と言われているの。だからお力を借りることもあるかもしれないわ」

「ツクヨミ魔法学園とは授業が違いますからね」

「ええ、その際はお力を貸していただければ」

その言葉を聞いてななみは頭の中でささやく。

『とは言いますが、あまり力は借りたくないでしょうね。他学園の皇女様、そして関係者の方々に』

『そうだな。俺だったらまず力は借りたくないな』

社交辞令的な感じで一応言ってるだけだろう。だって他学園のお嬢様に危険が及ぶ可能性があることはさせられないし。そもそも皇女なんて恐れ多いし、むしろ安全な後ろに下がっていてください、となるやつだ。

と俺がななみと話している間もクリスさん、伊織、リュディは話を続ける。

「そういえば生徒会が忙しいとおっしゃってましたが、何かイベントでもあるのでしょうか？」

リュディが聞くとクリスさんは頷《うなず》いた。

「ええ、生徒会選挙とスーパーシスター投票が近いの」

「なるほど……あれ、一年ってまだ長いですよね。なぜ今の時期に交代するんですか？」

と伊織は首をかしげる。

「今だからこそね。今後スーパーシスターは受験やらで忙しくなる場合があるから」

確かにそうですね、と伊織は頷く。

「どのように投票を行うのですか？」

リュディがそう聞くと、クリスさんは手を大きく開いた。

「私の手の平サイズの投票用紙に、名前を書いて箱に入れるアナログ式よ。投票日に皆が集って投票するの」

「それって誰が立候補しているんですか？」

伊織は尋ねる。

「立候補はないわ。強いて言うなら全員が立候補者かしら」

「えっ？」

リュディも伊織も驚く。

「立候補などしてしまったら、皆がその人に票を入れてしまうでしょ？　そんなのは作られたスーパーシスターよ」

「作られたスーパーシスター？」

「伊織。例えばスーパーシスターに一人立候補したとする。それで一人だと投票しないで決まったり、この人で良いですかと信任投票で決まったりするけど、それは本当に人気者と言えますか？」

「ななこさんのおっしゃるとおりね。そう。スーパーシスターとは、皆が人として尊敬している、この人について行きたい、そう思う人を選択肢じゃなく自分の意思で選ぶからこそ、スーパーシスターなの。それがスーパーシスターがスーパーシスターたる所以《ゆえん》ね」

目を輝かせる伊織。

「すごいですね！」

「ただ最近は少し違うのよね……」

「最近は違う？」

「私はスーパーシスターを目指している、今までこんなことをしてきたと、まるで選挙活動のようにアピールする者がでてくるようになったのよ。馬鹿馬鹿しい」

「それは禁止されていることではないんですか？」

「許されているか、いないかで言えば許されている。残念なことにね」

苦虫をかみつぶしたような表情で、彼女は話を続ける。

「個人的には、スーパーシスターになるために選挙活動のようなものは行うべきではないと思うの」

「選挙活動を行うべきではない？」

「ええ。先ほども似たようなことを言ったけれど、スーパーシスターはなるべくしてなるものだから。わざわざ自分を売り込むことなどせず、普段の行動で皆に尊敬される者だけがなるべきでしょ？」

クリスさんははっきりそう言った。

「確かに……ちなみにどれぐらいの票を集めればスーパーシスターになれるのでしょうか？」

伊織は尋ねる。

「全校生徒の八割以上の票を集めることでスーパーシスターになれるわ」

「八割⁉　そんなに集まるのでしょうか？」

その数にリュディも驚いたようだ。クリスさんは当然とばかりに頷く。

「八割で間違ってないの。基本的に票はばらける。でも投票後に票を集めた人が、自分の尊敬する人に票を譲渡することができるから案外達成することが多いわ」

「えっと?」

混乱する伊織に俺が解説を入れる。

「例えば私とクリスさんが五十票ずつ集めたとする。でも私はクリスさんを尊敬しているから、その票をすべてクリスさんに譲渡した。それが認められているから、クリスさんが百票集めたことになるの」

と俺が説明するとクリスさんはおっしゃるとおりと言う。

「じゃあ誰も譲渡せずに八割に満たなかったら……?」

と伊織が聞くとクリスさんは頷く。

「スーパーシスターなしの年。まぁ、よくあることよ。個人的には選挙活動する者ばかりならば、スーパーシスター制度なんてなくしてしまえば良いとまで思ってるんだけどね」

俺は頷きながらクリスさんの話を広げる。

「九条さんがすごいところは、他者から譲渡されることなくほぼ満票を集めたこと」

そう言った後、ななみにこっそり話しかける。

『普通に考えたらほぼ満票なんてあり得ないよな。立候補した人から選ぶのではなくて、この人になってもらいたいと思う人に投票するんだから』

『現実的によほど大きな何かをしないと難しいでしょう。それよりもご主人様。クリス様が不思議そうな顔でこちらを見ていますよ』

視線を向けると確かにこちらを見ている。

「どうかされました？」

「いえ、よくご存じじゃない、って」

「あっ、ああ。ここに来るにあたって調べたので。九条さんは有名ですし」

なるほど、となんとかクリスさんは理解を示してくれた。

そんな時ななみが思いつきましたと話しかけてくる。

『ご主人様、本当のことを申し上げるのはどうでしょう。入学を考えていたと』

『考えてねーわ』

と俺が言うとクリスさんは変な物を見る目でこちらを見ていた。

「ななこさん、どうかされました？」

もしかしたら口に出してしまったのだろうか。

「や、何でも無いです」

「ななこさんったら……顔に出てたわよ」

リュディは最後の方を耳元でぼそりと言う。もうね、気をつけます。

「そ、そういえば九条さんはどうして満票近い票を集めたんですか？」

と伊織が気を利かせて話を振ってくれた。

「それは一昨年の学園交流戦での出来事が影響しているわね。間違いないわ。下馬評ではツクヨミ魔法学園のモニカ様が圧倒的な強さを見せて優勝すると目されていたの。でも我らがお姉様は獣王を倒した上に、あと一歩のところまでモニカ様を追い詰めた！」

そのことを話すクリスさんはとても饒舌《じょうぜつ》だった。

「同じく火を得意とする魔法使いだからこそよく分かる。モニカ様の技術、出力、魔力、私はすべてにおいて勝てない。目の前に立たれたらすぐに降参してしまうかも。しかしお姉様は立ち向かい、モニカ様を追い詰めた」

「モニカ会長を追い詰めるだなんてすごいですね……想像できない」

伊織はつぶやく。副会長というモニカ会長に近い位置にいる彼は、そのすごさをよく理解しているだろう。

「一応、お姉様は元々アマテラス女学園の同学年では強者として見られていましたし、生徒会という肩書きもあったため知名度は高かったの。それがモニカ様の件で一気に全校生徒に知られ、ブレイクしたのよ」

とクリスさんは説明する。たしかに九条さんがブレイクするきっかけはそれだったろう。

「それがなくても九条さんは人柄も素晴らしいですから、知れば知るほど人気が出そうですね」

と言うとクリスさんは俺の手を握る。

「ななこさんの言う通りよ。そうなのよ。お姉様は人柄も素晴らしいの。どんどんと慕う者が増え、最終的には生徒会長とスーパーシスターを兼任するという前代未聞のことを成し遂げたし」

そうだったんですね、と伊織は感心したように頷く。

「クリスさんはスーパーシスターを目指してはいないんですか？」

「目指す、という言い方はスーパーシスターの定義として正しいのか分からないけど、目標とされるような立派な人になりたいと思っているし、そうなれるようずっと行動もしてきた」

つまり、彼女はスーパーシスターになりたいのだ。そして自信満々に話すことから、なれると思っているのだろう。

「やはり九条さんの影響ですか？」

リュディが聞くとクリスさんは頷く。

「一番はそうね」

一応、ゲームでなら普通に進めると彼女はスーパーシスターになれる。なれるのだが。

「なれると良いですね」

俺がそう言うと彼女は頷いた。

「なるわ。そして私はお姉様のようになるの」

選択肢を間違えればスーパーシスターになれないし、最悪の場合だと学園を去ることになるだろう。

魔法使いの戦闘において、最低限の体力があった方が良いと思うのはかなり基本的な考えである。

ツクヨミ魔法学園でもそうだし、アマテラス女学園でも授業に取り入れられている。そのため基礎体育という授業は全員が基本参加する。

また他クラスとも合同となっており、クリスさんと一緒になる授業の一つでもある。今日はランニングらしく、トラックを学園生達が走っている。

一足先に終えた俺が、クリスさんやミレーナさんが走る姿をじっと見ているとななみがつぶやいた。

『眼福ですね』

『眼福だな……って何言わせるんだ』

思わずななみの言葉に賛同してしまった。しかしそれも仕方ない。だって目のやり場に困るんだもん。

『ななみ、俺は疑問なんだが、どうしてこんなに肌の露出が多い服なんだ？』

『やはり走りやすいからではありませんか』

まあ走りやすいのは認めよう。でもあんなに太ももを露出する必要があるのだろうか。ショートパンツだぞショートパンツ。知ってるかショートパンツ？　何だよショートパンツ（半ギレ）。

まあショートパンツはギリギリ分かるとして、なんで皆お尻のサイズより小さめチョイスなのか。クリスさんもなんでそんなパッツパッツはみ出たムチムチがぷるんぷるんしながら、ヒュンヒュンギューなの？

しかもなんで透けるシャツをチョイスしてんだよ馬鹿じゃねえの？　爆弾抱えてるミレーナさんとかユサァッユサァッじゃなくてぶぉんぶぉんだし、なんかハアハアしてるし体中が汗でダラッダラッのテカテカだしクンクン……。

『ご主人様落ち着いてください。動揺している様子がなんとなく私に伝わっています』

いかん。あまりに刺激的過ぎて見たことそのままオノマトペで表現してしまった。

クンクン？

『すまん。少し落ち着くよ』

『動揺を態度に出さないよう注意してください。ミレーナ様とクリス様が近づいています』

と実は着痩せするタイプのミレーナさん、そして尻も運動神経も抜群なクリスさんが汗を拭きながらこちらへ近づいてくる。俺は収納袋からドリンクを取り出した。

「瀧音様はすごいですわ、ほとんど息が切れてない」

俺が飲み物を渡すとミレーナさんはお礼を言った。

「いえ、私なんてまだまだです。体力で全然勝てない方もいらっしゃいますから」

もちろん水守《みずもり》雪音先輩である。基礎体力は一生勝てないかもしれない。

クリスさんは飲み物を受け取りながら、でもねと話し始める。

「ストールはエンチャントを施してるでしょう？　それでその身体強化。失礼な言い方だけれど、同じ人種とは思えないわ」

クリスさんはすぐに瀧音幸助《こうすけ》の異常性に気がついたみたいだ。

「ちょっと興味が湧くわね」

とクリスさんが俺を見る。近い。良い匂い。見えそう。

「模擬戦は相手が決まってるのかしら？」

「聡美《さとみ》さんに誘われてますね」

「聡美ー？」

とクリスさんが言うと聡美さんは汗を拭きながらこちらに近づいてきた。聡美さんはスポーツ系のモデル体型なんだよなぁ。肌が日焼けしている点もポイント高い。

「あークリス？　呼んだ？」

「ななこさんに模擬戦予約してるんですって？」

　クリスさんがそう言うと聡美さんは頷《うなず》く。

「良いだろ？」

「ええ、うらやましいわ、私に譲ったりしないかしら。良いじゃない、ね？」

「クリスといえど譲れないなぁ。実はかなり楽しみだったんだよね」

「ほんと残念ね……仕方ないわななこさん、聡美とする前に今から模擬戦しましょう？」

　とクリスさんが俺に笑顔を見せる。

「おいおい、ダンジョンは一緒に行くんだろ？　なら良いじゃんあたしに譲っても」

　個人的にはいくら戦っても良いんだけどな。

「まあ仕方ないか。でもダンジョンの前に模擬戦を見学に行くわ。ツクヨミ魔法学園の実力見せて貰うわよ」

　にやりと笑うクリスさん。俺も笑顔で返す。

「驚くと思いますよ」

　間違いなく驚くだろう。俺だけでなく伊織とリュディの強さにも驚くだろう。だって皆、かなり強いから。

　そういえばと聡美さんはクリスさんの肩に手をかける。

「なあクリス、放課後は暇か？　実は後輩に誘われててな、良ければ一緒に訓練しないか？」

「ああ、ごめんなさい。今日は生徒会があるの」

と彼女が言った時、クリスさんを呼ぶ声がした。その声の主はどうやら先生のようだ。

「つれないねぇ」

離れていくクリスさんを見て、聡美さんは呟《つぶや》く。まあまあとミレーナさんがなだめる。

「ガウス様も忙しいのではないかしら？　ほらスーパーシスター選挙も近いですし」

聡美さんもそれを理解しているのだろう。

「そうだよな。てーかアイツこそ次期スーパーシスターの最有力候補なんだけど、自分がその準備するってのも面白い話だよな」

どうやらゲームと同じように、クリスさんは同級生からも人気があるみたいだ。

「九条お姉様もそうでしたわ。生徒会からスーパーシスターになりましたし」

それから少し雑談をしつつ、話をとある方向へ持って行く。それはここに来た最大にして本来の目的である、あの件についてだ。

「そういえば本日クリスさんに話を伺ったのですが、隣のクラスの子が体調不良になったとか？」

ああ、とミレーナさんは頷く。

「最近体調を崩す方が多いのよね。気温の寒暖差が激しいからかしら？」

確かに寒暖差激しいと自律神経いかれちゃうからな。でも今回の件はそれが大本ではない。

「それにしちゃ多いな。なんか知らないうちに誰かが呪いをかけてるんじゃないか？　割とマジでね」

と聡美さんは真剣な表情で言う。まあ呪いではないのだけれど、近い効果はあるか。

「……以前は集団で発生したとも聞きましたが？」

と俺が聞くと聡美さんは頷く。

「あたしの可愛がる後輩にさ、巻き込まれた子が一人がいたんだよ」

聡美さんが可愛がると言った瞬間、ミレーナさんは苦笑した。まあ、なんとなく察したけれど、とりあえず関係ないから後回しだ。

「彼女はなんて？」

「魔法を使いすぎたというより、まるで吸い取られたかのようだって」

――マジエクのゲーム版ではアマテラス女学園のモブとの戦闘がある。それは授業でだ。

戦う相手はイベントの進め方によって変わってくるのだが、今回戦う聡美さんはどれにも該当はしない。授業にていくつかの属性を操っていたのは見ていたがどれが得意か詳しくは分からなかった。

つまり、彼女がどういう戦闘をするのかを詳しく知らない。

「ななこちゃん、準備は良いかな？」

そう言いながら聡美さんは肩を回す。その腕には結花がしているようなガントレットを装備していた。その他に武器を持たないことを考えるに、結花のような接近が得意な魔法使いだと予想できる。

またそのガントレットは少し特殊な形状をしていた。本来なら丸みを帯びていることの多いガントレットだが、やけに角張っている上に、穴のような物が見受けられるのだ。何か発射でもするのだろうか。

「ええ、大丈夫です。ただ少し恥ずかしいですね」

俺が答えると彼女は頷いた。

「こんなに注目を浴びるのはあたしも初めてだよ」

そう言って彼女はカラカラと笑う。

ツクヨミ魔法学園の生徒対アマテラス女学園の生徒ということもあるだろう。生徒だけでなく教師まで、てかあそこに居るのはアマテラス女学園学園長では？

「はは、準備ができているなら始めようか」

そう言って聡美さんは審判を見て頷くと拳を構える。ななみは試合中無言になってますと言っていたから、純粋にタイマンができるだろう。

俺は彼女の魔力の流れを見つつ、腰を少し下げ拳を構える。そして体中に魔力を張り巡らせた。

「試合開始！」

まず初めに動いたのは聡美さんだった。彼女は地面を蹴ると勢いよく走り出しこちらに迫ってきた。

聡美さんは予想通りと言うべきか、やはり格闘を主体にするようで、こちらに向かって拳を突き出してくる。

それは結花よりも速さも力強さもない。普段の結花との戦闘で慣れていた俺はその攻撃を強化した手で普通にいなす。

しかしすぐに反対の腕が突き出されたためそれもいなす。その瞬間だった、彼女の足が俺の腹部に迫っていた。

「っ⁉」

とっさに第三の手でガードする。しかし今度はガードされた足を軸に、一回転しながら頭を狙った蹴りを反対側の足で放ってきた。

しかしそれは第四の手で防ぐ。ビリビリとその衝撃が体全体を伝わる。だがそれだけだ。ダメージはない。

さあ、今度は俺の番だ。彼女は大技の蹴りを放ってきたから隙だらけである。彼女の腹に向かって拳を打ち付けようとした時だった。

そのガントレットの穴から強い風が大砲のように吹き出したのは。

強い風ではあったが、とっさに第三の手で防いだため、ダメージを受けることはなかった。しかし彼女を後ろに下げるにはちょうど良い風であった。

「なるほど、それで距離をとるのか」

大技には隙がつきものである。一撃に込める力を強くする代わりに、体勢を崩したり大きく魔力を消費したりと何らかの弱点がある。三強とかいう例外もいるが、だいたいはそうだ。

彼女はその隙を武器に仕込んだギミックで克服したのだ。

「結構自信のある奇襲だったんだけどね。それにしても驚いたよ、そのストールには」

「素敵な生地でしょう？　夏場に氷のエンチャントを施せばクーラーになるんですよ？」

「はっ、とぼけちゃってさ。そんな利用の仕方じゃなかったよ。まるで鋼鉄だ、鋼鉄の腕が二本あるようだった。なんて物を隠してたんだ」

「あなただって隠していたではありませんか。あなたのそよ風気持ちよかったですよ」

と挑発しておく。

「ちょっと本気を出さないとまずそうだね」

そう言って彼女は両手を自分の前でガンと合わせる。すると彼女の前に魔法陣が現れた。すぐに攻撃を仕掛けても良かった。ただある程度距離もあったし、何より彼女がどんな魔法を使うのか興味があったため、刀に手を添え防御を万全にして対応することにした。

彼女が使った魔法は多分土魔法だろう。

魔法によってガントレットは黒茶の宝石のような物に覆われ、普通のガントレットを一回り大きくしたようなサイズに変化していた。またガントレットの先にはまるで刃のような石の爪が三本飛び出ており、それを直接食らってしまったら体が引き裂かれてしまいそうなほど鋭く見えた。

「まるで獣人の爪だな」

「ななこちゃん、ここからは本気で行くよ？」

そう言って彼女は左右にジャンプしつつ、こちらにじりじりと近づいてくる。

それは俺を惑わすためだろう、視線から外れるように彼女は動くため、普通の人ならいちいち首を動かさなければならないところだ。

刀に手をかけ様子をうかがう。もういつこちらに踏み込んできてもおかしくない距離だ。

「っ⁉」

それは一瞬だった。視界から消え、斜め後ろから俺の方に跳んでくる気配を感じた。俺はそれにあわせ、ストールを展開する。

鋼鉄と鋼鉄がぶつかるような重くて低い音があたりに響く。それは一撃ではなかった、二度三度と連続で攻撃をしてくる。

しかし俺にはストールの視界不良を改善するために得たスキルがあった。先輩に協力して貰《もら》って得たあのスキルが。

攻撃をいなしながら、タイミングを見計らい、ストールを勢いよく上に上げる。

それは彼女の爪をはじくためだ。予想通り右肩側がお留守になっている。俺は一歩踏み出し、結花のごとくその腹に拳を打ち付ける。

ドス、と音はした。しかしクリティカルとなったかと言えばそうではなかった。

聡美さんはあの状態ながら少し後ろに下がったのだろう。

「かはっ、ペッ」

どこか体を傷つけたのか、口から血の塊を吐き出した。そして。

「あはは、はははは、ははははっ」

笑い出した。それはそれは、とても楽しそうに。

彼女を警戒していると、目に見えてある変化が起こり始めた。頭の上に何やら猫耳のような物が生え始めたのだ。

「これは獣化《じゅうか》？　いや半獣化か……」

変化は頭だけではない。目もだ。彼女の目が猫のように少しだけつり上がり金色になっていた。

この技を使えるということは、もしかしたら彼女に獣人の親族が居るのかもしれない。

「ななこちゃん、本気で行くよ？」

と言ってすぐに彼女はこちらへ跳躍した。

まだスピードも上がるのか、と感嘆する。

その直線スピードは今までの比ではない。初期に比べたら別人と入れ替わったのではないかと疑うレベルだ。

間違いなく攻撃力も上がっているだろう。今度はストールを二枚重ねてその攻撃を受けることにした。

彼女は地面を大きくえぐるほど強い力でこちらに飛び込むと、大きく振りかぶってその石の爪を振り下ろす。

先ほどよりも大きな音が辺りに響く。その力は非常に強く、踏ん張っていた場所から一メートルほど後退させられてしまった。

見た目はスレンダーなのに攻撃はパワーショベルだ。その体重からは想像もできないような攻撃が繰り出された。

しかし、耐え切れない攻撃ではない。

「これも耐えるんだね」

バックステップで距離を取る聡美さんはとても楽しそうだった。

彼女は知らない。

確かに彼女は速いし力が強いだろう。しかしそれ以上にやばい人が花邑家で居候してるのだ。

今度はまるでボクサーのようにステップを踏みながらワンツーと攻撃を仕掛けてくる。

しかし溜《た》めていない一撃一撃は片方のストールでいなせるため、俺は隙を見計らいパンチを入れる。

だが急に彼女の姿が消えたかと思うと、腹部に足が迫っている。

海老《えび》蹴りだ。彼女はこちらに背を向け、クラウチングスタートのように蹴りを放っていた。とっさに第三の手を使い、体勢を変える。少しかすってしまった。

「その刀は飾りかい？」

聡美さんはそう言いながら追撃とばかりに突きを放ってくる。

「訓練用の模擬刀とはいえ、真っ二つになってしまうので」

それを第四の手でガードしながら、そう答える。

「はは、面白い冗談だ」

昔は俺も同じ感想を持っていたが、最近はそうも言ってられなくなったんだよな。と、数発打ち合って気がついたことがある。それは獣人がよく使うような力こそパワーとかいう脳筋全開な攻撃ではなく、武術のように洗練された攻撃があることだ。

先ほどの海老蹴りもそうだ。視認しにくいところからの不意をつくような攻撃も多い。

「まるで要塞だね」

彼女はそう言うと大きく後ろに下がり、石の爪に魔力を溜める。そしてそれを俺に、ではなく地面に対して放った。

「っ！」

とどろく爆音、上に向かって吹き上がる砂。

たとえて言えば、下敷きに砂を載せてそれをはじいたような感じであろうか。目くらましなのだろう。

彼女の気配が前方から左手側に移動する。そしてこちらに向かって勢いよく跳躍した。爪を大きく振りかぶるのが分かる。それは先ほど見た攻撃だ。不意を突いて大技を決めようとしているのだろう。

しかし、俺にはそれは無駄だ。心眼スキルの効果もあって、手に取るように行動が分かるのだから。

「ぁああああ！」

よほど力を込めているのか、彼女は叫びながら俺に向かってその腕を振り下ろす。しかし俺が先ほど受け止めた技を出したのは間違いだ。自分に良いようにそらすなど、たわいもないことだ。

タイミング良く振り下ろされる爪に、弧を描くストールを当てる。その爪は俺には当たらず、ストールに流され空を切る。

そして俺はがら空きの懐に入り込むと、腹に刀の柄を当てた。

「降参、してくださいませんか」

一瞬の沈黙。

そして勝てないことを理解したのか、にやりと笑って彼女は言う。

「ひと思いに頼む」

鞘《さや》に溜めた魔力を爆発させる。そして刀の刃ではなく、柄で彼女を吹き飛ばした。

音はほとんど無かったが衝撃波はすさまじかった。辺りの砂埃《すなぼこり》を吹き飛ばし、聡美さんを壁にたたき付ける。

俺は刀を鞘に戻し、すぐに聡美さんの元へ向かう。

辺りから見れば、急に聡美さんが砂埃を吹き飛ばしながら壁にたたき付けられたように見えただろう。

視界不良で状況を理解しにくいせいもあって、辺りは沈黙していた。何かあった時のためのヒーラーの動き出しも鈍かった。

ヒーラーや先生達がそばに来たのは俺が聡美さんを抱えた時だった。

「うっ」

「聡美さん？　大丈夫ですか？」

幸いにも彼女はすぐに目を覚ました。獣化は解け普段の聡美さんの姿で、乾いた笑いを浮かべる。

「ななこちゃんは、後ろに目でもついてるのかな？」

「三百六十個ぐらいついてるイメージで大丈夫です」

ははは、と、力なく聡美さんは笑った。

「なんだ、化け物じゃんか、それ」

彼女にヒーラーの回復魔法が使われる。

実のところ俺はこの学園についてよく知らなかった。

どうやら聡美さんはこの学園でも実力者として有名だったらしい。それもどこかボーイッシュでかっこいいと人気もあったとか。

だからだろう、聡美さんが『完敗した』という噂《うわさ》は瞬く間に学園全体に広がった。

授業が終わると俺は寮へ戻り、現状を確認する。今回のアマテラス女学園のイベントは、皆の話を聞く限り、進行度〝一から二〟の間であろう。

桜《さくら》さんのイベントもそうだが、全てのイベントはリアルタイムで進んでいく。アマテラス女学園もそうで進行度〝四〟になればスーパーシスター九条華が活躍し、イベントが一応の解決をする。その場合女学園にも色んな被害が出てしまうから、そうなる前に伊織を送り出す予定だった。

でも何で俺まで来なければならなかったのか、意味が分からない。

またイベントと言えば、ツクヨミ魔法学園の方でも彼女らが三会を裏切るイベントが始まる頃だと思うのだがそちらはどうなっているだろうか。

「ツクヨミ魔法学園はどうなってるかな？」

「平凡な日常が繰り広げられていると思いますが……そういえばご主人様。皆様から餞別《せんべつ》として貰った物はどうされます？」

「ああ。モニカ会長とベニート卿《きょう》からは陣刻魔石だったな。普通に嬉《うれ》しい」

いろんなところで大量消費してたからなぁ。

　聖女からのプレゼントはバストアップ体操の本だった。これをどうしろと。

　先輩からは訓練用にと魔力を込めると重く堅くなる特注の木刀を貰った。普通に使える。もっと早くに開けるべきだった。

　姉さんは肩たたき券だった。しかもぜんぶひらがな。なんで？

　問題はアネモーヌなんだよなぁ。

「これどうする？」

　俺はそれを取り出す。マニキュアサイズの瓶には桃色の液体が入っている。またその瓶には汚い字で殴り書きされたノートの切れ端が、セロハンテープでとめてあった。

　その文字を信じるとすればその液体は。

「媚薬《びやく》だってな」

「媚薬だそうですね。飲んでみましょうか？　大丈夫です。ご主人様は元々媚薬みたいな方ですから、最高です！」

「俺が飲むのか！　しかも俺は一体どんな生物だよっ！」

　とりあえず最後に最高ってつけとけば良いわけじゃないんだからな。

「しかし説明が一切無いのがまた怖いですね」

　そうなんだよな。大学ノートの切れ端に『媚薬』とだけ書かれてみろ、マジで怖いんだけど。

ただ相手はエッロサイエンティストなんだよなぁ。ゲームで変な薬を作っていたことを知ってるし、ワンチャン本物の可能性があるんだよなぁ。あの人ルートによっては催眠アイテムも作り出すし。非常にお世話にぃなりましたぁぁああ！

「まあそれはポケットに入れておきましょう。いつか必要な日が来るはず」

「なんでポケットに入れておくんだよ、危険すぎるわ！」

「分かりました、ではじゃんけんで決めましょう。私が勝ったらポケット、ご主人様が勝ったら胸ポケット、良いですね」

「良くねーわ、結局ポケットに入ってるじゃねーか！」

じゃんけんの結果ポケットに入れることになった。解せぬ。

「さて、それよりも夕食です。どうされますか？」

そう、夕食だ。何でも伊織とリュディはクラスメイトに誘われたらしく、食事に行くとのことだ。それも学園外に。

一応俺も誘われたのだが、あちらからしたらよく知らないであろう上級生が交じるのもあれだし、遠慮したのだ。仲良くなってしっかり学園に溶け込んでほしいな。

となると俺は食事をどうするかだな。

「まあカップラーメンでも良いんだけど」

元々好きではあったがリュディの件もあって大量にあるんだよな。

「いえ、食事はしっかりととりましょう。寮の食堂へ行くか……もしくはななみがお作りいたしましょうか？」

「ななみに作って貰《もら》うにしても、この部屋じゃコンロもないしな。共用キッチン行かないと」

さすがにここでカセットコンロつかうのも駄目だろうしね。しかしななみに作って貰うのも手間だろうから。

「やっぱり食べに行こうかな、どうせなら外の。銭湯に行くのも良いかも。ちょっとお湯に浸《つ》かりたい」

温泉があるのに入れないとか、目の前に餌をぶら下げられたままお預けされてる気分だ。

「リュディ様達がいない今なら、娑婆《しゃば》の世界に繰り出しても良いですからね。門限も意外と遅いですし」

「そうだな。どこか食べに行こう。それに外だったらななみも堂々と食事できるだろうしね」

「ご主人様の体から頂いても良いのですが、久しぶりに口から摂取したくもありますね」

「変な言い方をするな、変な言い方を。魔力と言え」

天使は別に食事をしなくても魔力を貰えれば良いらしいからな。そこだけ聞くとフェ◯トのサーヴァント思い出す。彼女はいっぱい食べてたな。

ということで俺達は合体し部屋を出る。

さあ町に繰り出しておいしい物を食べるぞ、と意気揚々と部屋を出たのは良かった。しかし町へ行くことはかなわなかった。

部屋から出てすぐに壁に寄りかかって苦しそうな表情をしている女生徒を発見したからだ。

すぐに頭から食欲を取っ払い、思考を切り替える。

その子の周りには心配している二人の女生徒がいた。彼女達は肩を貸そうとしていたが、苦しそうな女生徒はバランスを崩し倒れそうになる。

「おい、大丈夫か⁉」

「あっ、瀧音様っ！　はい……だ、だいじょうぶ、です。湯あたりした、だけですので」

俺の名前知ってるのか。いやそれはどうでも良い。

本当に湯あたりしただけ？　そうは見えないんだが。

と考えていると、ななみが頭に声をかけてくる。

『どうやら魔力不足の兆候がありますね。あとご主人様、言葉遣いを』

慌てていたせいで言葉遣いがちょっと男っぽくなってしまったようだ。

俺は魔力贈与を彼女に行いながら、二人に話を聞く。

どうやら彼女達はたまたま居合わせただけらしい。俺と同じく心配で声をかけたとか。

「んっ♡　くっっっあぁぁっぅ……♡」

なんで俺の魔力贈与って皆エロい声出すんだろう。いや、そんなことはどうでも良いんだ。

「どう、落ち着きましたか？」

「はぁ♡　あっ、そのっ多少楽になりました……♡」

ちょっと青かった顔が少し赤くなっている。なんか別の影響のような気もするがまあそれは良い。

「立てますか……いや無理をさせるわけにはいかない」

と彼女をストールと片手でお姫様抱っこのように抱えると、もう片方の手で九条さんにメッセージを入れ簡単に報告する。

そして管理人室へ連れて行き彼女を任せた後に、俺は九条さんと合流した。

九条さんは女生徒の容体を確認し安全と分かるとすぐに。

「原因は何かしら？」

と俺に尋ねた。

「温泉でしょう」

と俺は即答する。今回の事件は小さな小さなイベントをいくつかこなし、そこに残っていた情報を集めることで元凶の場所へ行くことができるようになるという仕組みだ。その小さなイベントは校舎だったり体育館だったりと、いろんな場所で起こるのだが、今回はある意味一番やばい場所のイベントが発生してしまった。

「簡単に話を聞いたところによると、授業後に食事を済ませ温泉に入っていたとのこと。彼女はお湯に浸かってどっと疲れが現れたと話していました」

しかし温泉のお湯が原因ではない。

「すぐにでも確認に行くべきかと」

「大浴場ね。行きましょう」

と歩き出す彼女の後ろをついて行く。

「ええと、自分はどうすれば」

歩きながら聞くと、ああ、と彼女は口元に笑みを浮かべる。

「そうだったわね。では出入り口で人払いを手伝ってください。一時的に封鎖いたします」

「ええと、堂々と封鎖して良いんですか？」

まだ学園内で起こっている異変を公にはしていないはずだ。

「お湯の異状ということで清掃中の札を出すわ。今入浴している子は申し訳ないけれど上がって貰います。新規は解決するまで入れません。点検中とだけ言っておいてください」

ななみはそれを聞いてなるほどとつぶやいた。

『それなら生徒達も納得するかもしれませんね。スーパーシスターが言うのですから』

その考え方は間違っていないと思う。

『そうだな、皆納得するだろう。なんせ九条さんだから』

と、俺達は大浴場へ向かう。


それから三十分もかからずに大浴場を調べ終わった俺達は、話し合いをするために九条さんの部屋にいた。

「ごめんなさい、片付けて無くて」

九条さんの部屋はよく言えばシンプルで、悪く言えばほとんど何も無かった。テレビやゲームなんかは無く、小さな本棚にも娯楽になりそうな本は無い。

テーブルの上に最低限と思われる化粧品やクリーム等、そしてケトルとカップが置かれているぐらいだ。

「いえ、すごく綺麗《きれい》です。自分も見習わないと」

と俺が言うと彼女は化粧品を片付ける。そして。

「合体を解除していただいても良いかしら？」

「男になりますけど、大丈夫ですか？」

「大丈夫よ。誰も来ないわ」

そう言いながら彼女は立ち上がり、食器棚へ。持ってきたのは二つのカップだった。

「ななみさんの話も聞きたいの」

そう言われ、俺達は合体を解く。

「ごめんなさいね、ななみさん。何ももてなす物が無くて」

そう言って彼女は高そうな茶葉が入ったティーバッグをカップに入れ、ケトルからお湯を注ぐ。

「いえ、本来ならメイドたる私が準備するところでしたが、ご主人様が私と離れたくないと駄々《だだ》を……」

「こねてないからな。勘違いさせるようなことは言わないように」

ななみと俺のやりとりに九条さんはクスッと笑う。

「二人とも自分の部屋だと思ってゆっくりしてね」

そう言って俺とななみに紅茶を出す。

「ありがとうございます」

「恐れ入ります。九条様も皆様と同じ部屋なのですね」

ななみは部屋を見わたしてそんなことを言った。

「私は皆の模範にならねばなりませんし一人豪華な部屋にはいられません。というのは建前で、あまり広すぎても落ち着かないの」

ななみは一瞬何かを考える様子を見せるも、何も言わなかった。

俺はそろそろ本題に入った方が良いかと話を切り出す。

「……それで、大浴場の件ですが」

「そうね。まず初めに、ありがとう、幸助」

と九条さんが頭を下げる。

「いえ、俺は何かをしたわけでは。頭を上げてください」

「迅速な行動のおかげで未然に防げたわ。助けた彼女も軽症だった。本当にありがとう」

「お礼はありがたく受け取るので、頭を上げてください」

と言ってようやく九条さんは頭を上げた。

「では……これね」

そう言って彼女は拳大の石のような物を取り出した。

「古代語が書かれたアイテムですね、魔力を吸い取っていた」

ななみがそれを見て言う。

ぱっと見は普通の石で、大浴場にある小さな庭園に見事にマッチしていたから、誰も不思議に思わなかったのだろう。

「ななみさん達が居てくれて助かったわ。おかげで原因がすぐに分かった」

彼女が取り出したのは、魔力不足の原因となったアイテムである。

九条さんが温泉から生徒達を全員出させたのち、俺が大浴場内部に入り調べていると、ななみがすぐに見つけてくれたのだ。

「ただ、私の力不足で詳しくは分かりませんでした。申し訳ございません」

そうななみは言うが俺的には十分な働きだ。見つけてくれなかったら、俺が『あれれー、おっかしーぞー』と見つけてなきゃいけなかったからな。

「そんなこと無いわ。私はどれが原因だか分からなかったもの。それに天使の桜さんが居れば詳しく分かるのかもしれないのよね？」

マジでパッと見じゃ石ころだ。これが貴重なアイテムだとは思えない。

「確証はありませんが」

となななみは言う。一応桜さんが調べることでいろんなことが分かるし、だいたいのことは俺も分かる。ただしゃべる訳にもいかないんだよなぁ。

「それにしても……」

そう言って九条さんは神妙な顔をする。

「それにしても？」

俺が尋ねると彼女は小さく息をつく。

「これは誰かがここに設置したとしか考えられないのよね」

九条さんの言うとおりだ。今回悪魔の手引きをしているのは。

「学園生か関係者……」

そう俺が言うと、その続きを九条さんが引き継いだ。

「この問題を引き起こしている、ということね。考えたくないことだわ」

訪れる沈黙。少しして九条さんは大きくため息をついた。

「ツクヨミ魔法学園に、幸助とななみさん達に協力を依頼して良かったわ。間違いなく私は見つけられなかった。今日はありがとう。続きは明日考えましょう」

「そうですね」

今日はもう遅い。伊織は桜さんのこともあるから、これから少し頑張って貰《もら》うことになるだろう。

「そういえば、ご飯は食べられましたか？」

九条さんの言葉に俺は首を振る。

「いえ、実は外出してご飯を食べて……ついでにお風呂に浸《つ》かってこようかなって思ってたんです」

まあ今日はいろんな意味で風呂場に入れたが。

「あら？　外食はともかくお風呂に浸かるだなんて。そんなことをしなくてもお風呂なら大浴場がありますよ」

「いやいや、行けるわけないじゃないですか」

と俺は笑いながら言う。行って良いんなら全力で行きますよ！　嘘です。良心に押しつぶされてしまう。

「あら、ななこの格好なら問題無いわ、バスタオルを持って行けば、恥ずかしいところも隠せるでしょう」

素敵な笑顔で何を言うんだろうか。と俺が変な顔をしていたからか、九条さんは笑う。

「クスッ、ごめんなさい一割ぐらい冗談ですわ」

「一割ってどの部分が冗談なんですか？」

と聞くと答えたのはななみだった。

「私には分かります。タオルの部分ですね」

そんなわけ――

「そう、タオルの部分よ。持ち込みは禁止されています」

――無いわけが無いし、本当にタオルの部分だった！

「え、もっと別のところが冗談ですよね?!」

「ふふっ、ごめんなさい。しっかり説明するわ。実は大浴場は午前一時までなの。そこからは清掃ということになっているのだけれど、実は清掃するのは早朝なの」

「え、もしかして？」

「誰もいない空白の時間が存在するのよ。しかもこの空白の時間を知ってるのはごく一部。まず誰にも会わないわ」

「えっ？」

「私が許可します。清掃中の札を出しておけばなお良いですわ」

良いの？　確かに温泉には浸かりたいけど？　と俺が考えているとと横でななみが何か気がついたらしい。

「なんだか手慣れていらっしゃいますね……もしや九条様は普段から？」

なるほど、だから誰も来ないと知っているのか。

「しーっ、皆には内緒よ？」

自分の唇に指を当て、ウインクしながら彼女は言った。

「私、一人で入りたい時に結構利用するの」

『お湯加減はどうでしょう、ご主人様』

ななみが頭の中で声をかけてくる。

『最高だよ』

早速入ることにして正解だった。あたりに立ちこめる硫黄の匂い。白濁したお湯。露天風呂のような小さな庭園。

ほんっと最高だ。

まさか俺がアマテラス女学園の温泉に入れるとは……つゆほども思わなかった。

『今日は色々あって疲れてたからな、余計に気持ちよく感じるのかもしれん』

と俺が言うとななみは肯定する。

『そうですね。まさにここで一悶着《ひともんちゃく》ありましたからね』

『そうだな……それにしても気持ち良いな、また来ても良いかな？』

『九条様に許可を得れば大丈夫でしょう』

『ちょっと頼んでみるか』

と話しながら誰もいない大浴場を見渡す。

それにしても。

『分かっていても心配だな……』

そう頭の中でつぶやく。

『ご主人様の心配事は分かります。ブラジャー用の洗濯ネットですね、しっかり雪音様から借りておきました』

『そうそう、ブラジャーのカップが崩れないようにするために必須なんだよなぁ。本当は手洗いが一番……って違うだろ！』

なんで先輩は貸してくれたの？　先輩もグルなの？

『違うよ、本当に俺は入浴して良かったのか、って話だよ』

ここは女性の花園。男子禁制である。そして一番やばいであろうお風呂に俺は入っている。

『では私がフラグを立てましょうか。ん、んん。俺、無事に風呂から上がったら、全裸で牛乳を一気飲みするんだ』

『俺の声まねをするな。そして変なフラグを立てるな。マジでなにかあったら……ん？』

何かが聞こえたよね？

扉が開く音？

足音？

あれ？

『なあななみ？　なんか音が聞こえなかったか？』

『奇遇ですねご主人様。私は聞こえたように思います。思いますではありませんね、聞こえます』

え？　嘘？　いやちょっと待て、やっぱなんか聞こえるし、これ幻聴じゃない⁉　人の声も聞こえる！

いや、ま？　ちょっと嘘でしょ？

「実は九条お姉様がよくこの時間に入られるのよ」

この声は……クリスさん⁉　え、なんで？　今一時過ぎてるよね、なんで⁉

「そうだったのですね」

しかも一人じゃないぃぃいいいいいいい！　おいおいおいおいおいおいおい、リュディの声もするんだけど嘘だろう⁉

『ご主人様落ち着いてください！　空気でも温泉でもかまいませんので大きく吸って吐いて落ち着きましょう』

『温泉吸ったらいろんな意味で駄目だろ⁉』

『突っ込みができるぐらいには落ち着いているようですね。ご主人様、選べる選択肢は二つです』

『二つって？』

『白濁した湯の中に隠れる、事故だと開き直る』

確かに潜れば隠れられるな、しかしバレた時の被害がでかそうだ。でも開き直るにしてもクリスさんはともかくリュディは俺の正体を知っているんだぞ⁉

しかし潜るにしても二人が浸かっている間、潜っていられるか分からないし、ここから出るにしても出口は一つだけだし。おいおいおいおい、マジでどうすんだ。

「リュディヴィーヌ様は隠さないのですか？」

「ええ、トレーフル皇国では温泉で前を隠しませんわ。タオルも使用しません。和国も堂々としておりますよね」

エルフは前を隠さない、すげえ豆知識得た。どうりでCGではフルオープンだったわけだ。

って余計にやべーじゃねーか⁉　ノーガードだぞ⁉

「では今日は私も堂々としようかしら」

おい馬鹿早まるな！　クリスさんはたしなめろ、リュディのまねをしなくて良い！　いやここは和国だぞ。でも和国も温泉にタオル入れるの禁止の国だ！　隠せねぇ！　いや白濁している湯だから、入ってしまえば見えない！

『……隠れるタイミングを見失いましたね』

ななみの声にハッとなる。エッチな蒸気でうっすらエッチだが、エッチな彼女達のエッチなところがエッチで……。だめだ、なんかもうすべてがエッチになる。

くそっ、もう覚悟を決めて開き直るしかない。

「っ！　誰っ？」

俺の姿を見てクリスさんは声を上げる。

「わ、私です。ななこです」

なんだななこさんかと、クリスさんは息を吐く。

「ああ、ななこさんね。驚いたわ。ふぅ、本当にななこさんで安心したわ」

リュディも安心したように息を吐いた。そして。

「なんだ、ななこさんね………」

あれ、リュディは体を隠さず安心しているぞ、もしかしたらこのまま押し通せるかもしれない――。

「ななこさんで良かったわ。以前女装した男性が学園に入り込もうとした事件があったのよね。変態だったらどうしようかと思ったわ」

とクリスさんは話す。それを聞いたリュディも頷《うなず》いた。

「そうですよね、女装して温泉だなんて……？　ん？　ななこ？　女装？　んん⁉」

押し通せるかもしれない、そう思っていた時期が俺にもありました。

リュディは信じられない物を見るかのように二度見した。そして目を大きく見開き。

「ゑ？」

と呟いた瞬間、一瞬でゆでだこのように顔を真っ赤にした。

「こここ、こうす……」

やばい、彼女は俺を呼ぼうとしている。名前を呼ばれたら一巻の終わりである。

「リュディヴィーヌ様ぁぁああ！　私は、な・な・こ、ななこです！　ななこでございまーす!!」

顔をそらしながら、お風呂の中心で叫ぶ。

先ほどの絶景は邪神に魂を売っても忘れないだろう。

もし記憶を抹消されても、真っ先に思い出すのはあの姿だと確信を持って言える。これがエデンだ。

リュディはすぐに察してくれた。しかし。

「ここ、こうす……香水を使うのを忘れてきたわぁぁああ。し、失敗失敗」

言い訳に無理がある。ばっか、リュディ。もうちょっとマシなのはなかったのか。だいたいさお風呂に香水とか天と地がひっくり返らない限り信じてもらえ――

「温泉で香水など使われるのですか？　確かに硫黄の匂いが苦手な方もいらっしゃいますものね」

――俺は今奇跡を目の当たりにしている！　なんか信じられないけれどいけた！

「ですが香水を振りまくのはほかの生徒の迷惑に……あらどうされたの急に体を隠して」

どうやらリュディが大切な部分を必死に手で隠しているのを見て疑問に思ったらしい。

そりゃぁ隠すよね。

「しゅ、淑女たる者恥じらいも必要かと思いまして」

「でもトレーフル皇国では隠さないとおっしゃっていたような？」

そう言うクリスさんフルオープンなんだよね。正直丸見えだから視線向けられないんだよね。どうすれば良いんだよね。もうわかんないよね。

「も、もちろん、冗談です。ええ、心も体もフルオープンです」

やばいやばい、なんか変なこと言ってる。もうリュディも限界だ。何か助け船を。

とあたりを見回す。しかしあるのは温泉だけだ。いや温泉があるじゃないか！

「リュディヴィーヌ様、温泉に、温泉に浸かってください！」

白濁した温泉なら、間違いなく見えなくなる。早く入って、浸かって。限界近いかもしれない、頭が沸騰しそうだよぉ！

お湯の色を見てリュディは顔を輝かせる。

「そ、そうね」

なんて名案とばかりにリュディは温泉に浸かろうとしたが、それは叶《かな》わなかった。

「あら、リュディヴィーヌ様。かけ湯がすんでいませんわ」

おい馬鹿野郎何をしてるんだ。かけ湯の桶《おけ》たたき割ってやろうか？　こっちは精神を正常に保つだけで精一杯なんだぞ。今俺が暴走したらどうするんだ！　マナーか貞操か、どちらか選べ！

「そ、そうでしたわね」

ざばー、ざばーという音を聞きながら煩悩退散、南無阿弥陀仏《なむあみだぶつ》と唱える。

しかし頭の中を無にしようにも、彼女達の背中が、うなじが、ふともも、尻、二の腕、そして尻が……俺を呼んでいるのだ。

優雅で淫らな上向きヒップめ、俺を惑わすな。

「私はそろそろ上がりますね」

彼女達が浸《つ》かる音を聞いて俺はすぐに立ち上がる。いかん、長時間浸かっていたせいで立ちくらみがおこる。さらにぬめりのある温泉のせいで足を滑らせてしまった。

「ちょっと大丈夫、ななこさん？」

リュディがそう言って俺の体を支えようと手を伸ばす。俺はその手をつかもうとしてつかむことができなかった。

しかし別の物をつかむことができた。

それは幸せの果実である。しかし禁忌の果実でもある。また夢のような果実であった。

「あぁっ……んっんんぅ………」

リュディが魂の声を上げる。俺はすぐに体勢を整えようとして、それを揉《も》んでしまった。

揉んで、しまった。

その瞬間、体の中に電流が流れる。まるで長年解けなかった問題が解けたかのような、非常に大きな満足感と足りなかった物が満たされた充実感が俺を襲った。

――忘れて、いなかった

――忘れて、いなかったのだ

しばらく音沙汰がなかったこの感触を、俺は忘れていなかった。ツヤ、ハリ、柔らかさ、弾力。

忘れることができるだろうか。生涯忘れることがないと確信を持って言えるだろう。

これがおっぱいだ。

あの後すぐ正気に戻ると勢いよく手をおっぱいから離し、誠心誠意《全裸土下座》の謝罪をしつつ、なんとかその場から逃げ出すことに成功した。

ほんと申し訳ないことをしたと思う。

逃れようのない大きな問題がこの後俺を襲うだろう。

なんとか不運な事故ということでリュディを納得させたいところではあるが、さすがに難しいかもしれない。

俺が疲れて倒れそうになりながら着替えていると、ななみが頭の中でつぶやいた。

『思わぬ収穫でしたね』

ある意味大収穫だよ。

六章　暴け出される秘密、動き出す情勢

さて、俺が大浴場でリュディと出会ったのは、故意ではなく事故である。

今回は何個もの不運が重なったことが原因だ。

第一の不運は伊織《いおり》もリュディも事件が発生した時にその場にいなかった。だから俺と九《く》条《じょう》さんが大浴場へ行くことを彼女達は知らなかった。

第二はリュディのシャワーが壊れてしまったことである。彼女が寮に帰ってから行う日課の瞑想《めいそう》、魔法訓練、そして夜食のラーメン。気がつけば深夜で大浴場はやっていない。

どれか一つでも無ければ、彼女は大浴場に入る時間に間に合っただろう。

しかし日々の訓練を抜きたくはないだろうし、麻薬に近い夜食のラーメンという欲求にあらがうことは難しい。

第三に大浴場の入浴時間終了+清掃中看板の前で学園寮に熟知しているクリスさんと出会ってしまったことだ。彼女も九条さんと同じように大浴場のシステムを知っていた。むしろ学生ではこの二人しか知らない。

つまり奇跡《不運》が奇跡を呼んで、俺は奇跡《全裸》を目撃し奇跡《おっぱい》を揉んだのだ。これが今回の奇跡《軌跡》である。

『なんて言ったところで、意味はないんだよなぁ』

と俺がななみに愚痴ると、ななみは同意する。

『おっしゃる通りです』

まあ裸を見られた上に胸を揉まれたら、そりゃよそよそしくもなるわ。

『もう一つの問題は相談できる相手が、あまりいないんだよなぁ』

とりあえず、すぐさま九条さんにメッセージは送っておいた。仮にクリスさんが九条さんにこんなことがあったよー、なんて言ってしまったら場合によっては大問題になりかねないからだ。

だから早めの根回しは必要だった。俺は温泉に浸《つ》かりたかっただけで、無実であり、たまたま居合わせてしまったと。

すぐに返信は届いた。眠かったのだろうか、一文字誤字があったが謝罪文だった。

またその件について話しておきたいことがあるとのことで、授業が始まる前に生徒会室に来るように言われたのだが。

『ちょっと早すぎたかな？』

『まだ来てらっしゃらないかもしれませんね』

早朝訓練を終えてすぐに俺は学園に来てしまった。リュディに会いづらいというのもある。伊織への説明どうしよう。一応言っておかないと後で面倒なことが起こってもおかしくないよなぁ。

それにしても。

『九条さんも色々あって参っているであろうに、変な負担かけちゃったなぁ』

九条さんに申し訳ない。彼女は善意でしてくれたのにこんな大問題になるなんて。ただでさえ原因不明の事件が発生して疲弊しているというのに。

『あまり深く悩むべきことではないと思われます。リュディ様のことですし事情を理解してらっしゃるでしょう。つまり解決するのも時間の問題かと』

『だと良いんだけどな……』

と話している間に俺は生徒会室へついた。そして九条さんに言われたとおりパスワードを入力しロックを解除する。そして九条さんに指定された場所へ行こうとして俺は気がついた。

『ななみ、人の気配がする』

『鍵は、かかっていましたね』

一方からシューッという音がする。それは九条さんが指定した場所ではない。またシンナーのような不思議な臭いが生徒会室内に漂っていた。俺はストールを口元に当てる。

なぜ、と警戒しながら進む。

もしかして魔族が現れたのだろうか？　いや、まだ進行度はそこまで高くなかったはずだし、そもそも生徒会室でのイベントは見たことがない。

『警戒しましょう』

『ああ』

気配を消し音と臭いの方へ向かう。

「フフッフフフフッ」

聞いたことがあるような声が聞こえる。誰かいるのは間違いない。警戒度を高めゆっくりゆっくり音のする方へ……。

そこに居たのはクリスさんだった。

彼女は裸足《はだし》だった。椅子に座ってスカートの中が見えるくらいに、足をあげていた。そしてその足をなぜか口の前まで近づけていた。

また前の机には紫色のよく分からない液体、茶色い怪しい紙の束、『超強力』という太字＋ドクロマークが描かれたスプレーのような物が載っている。

見間違いでなければ、彼女は恍惚《こうこつ》とした表情であった。

これは、アレだ！　アレしかない！

俺じゃこれは大きな問題すぎて手に負えない。伊織に任せようと、すぐさま部屋を出ようとした時だった。

下に落ちていた制汗スプレーを蹴ってしまったのは。

「ゑっ！」

クリスさんは声を上げ俺を見る。そしてその場で固まった。

赤いパンツをこちらに見せ、口を半開にし目をまん丸に見開いて彼女は静止している。

普段のキリッとした表情はない。まるで顔の筋肉が表情を作るのをサボっているような、呆然《ぼうぜん》とした表情だった。それでも美人なのはすごい。

彼女は現状を一瞬理解できなかったのだろう。慌てて持っていたコロンを隠す。いや隠すべきところはそこではない。まず情熱色のパンツを隠すべきなのだ。

すぐに彼女は自分の行動の意味不明さに気がつき足を下ろす。

そして急に立ち上がると、目をぐるぐる回してうぅーと小さく唸《うな》って、結局座って、真っ赤になってうなだれた。そして。

泣きそうな、か細い声で俺に言った。

「っ……見た？」

「ごめんなさい、見ました」

「ふふ、ふふふふ……、一生の…………不覚ね」

クリスさんは天を仰ぐ。終わったと思っただろう。俺も終わったと思った。

彼女はピクリとも動かない。俺はどうして良いか分からないから、部屋の中とクリスさんを見ることしかできなかった。

クリスさんは人間の抜け殻のように精気がないようだ。まるで全財産を賭けてギャンブルに挑んだら、見事に失ってしまったような、そんな表情だった。

どうして良いか分からず俺はななみに助けを求める。

『ななみ、俺はどうすれば良いんだ？』

『すみませんご主人様。つい先ほど有休消化のために休みに入りまして』

『なんでこのタイミングなの？　もっと取るべき時あったよね⁉』

『私が居なくてもなんとかなりそうですし、大変そうですし、面白そうだし静観しようかと』

『おい、本音が漏れてるぞ！』

『では頑張ってください、交信終了』

『おい待て、おい、おおぉーぃ！』

となななみと対話していると、沈黙していたクリスさんは大きく息を吐く。俺が意識を彼女へ切り替えるのと同じタイミングで、クリスさんは語り出した。

「私、足が臭いの」

どこか吐き捨てるようにそう言った。

実のところ彼女が悩んでいることを俺は知っている。ゲームで伊織は彼女と仲良くなるとそれを教えてもらえるのだから。ただそれは決してこんなたまたま見てしまうシーンではなかった。

だからどう対応して良いのか分からなかった。

「笑うなら、笑って良いわ。これはこれはお臭いですわ、おゲロ以下の臭いがプンプンなさると笑えば良いじゃない」

笑うことができるだろうか。自分が自虐的に笑いながら言うのではなく、今にもどこかへ消え去ってしまいそうな顔をしている彼女に、笑うことができるだろうか。

ちなみにその汚いお嬢様口調は、ゲーム内で登場するとあるお嬢様が本当に発した言葉でもある。紳士淑女達《エロゲプレイヤー》から迷言として親しまれていた。

「いえ、その……仕方が無いことですよね」

ちなみにゲームの伊織はその臭いを『よく分からないけど独特な香りで、何度も嗅ぎたくなるような不思議な依存性がある』と表している。ただ伊織の感性は人とは少し違うようで、食や臭い、感じ方等がおかしい時があると結花《ゆいか》が言っていた。確かに生活習慣病一直線の甘党であることは認める。

「もう良いの、本当のことを言ったらどう？　臭いって」

「全然臭ってませんって！」

「ふふ、そう言ってくれる人は確かに居たわ。でもね自覚しているの。それも私が五歳の頃からよ」

彼女は顔を少し上げ、何かを思い出すかのように語る。

「足を出して座るとね、隣の子が体調を崩すの。全然臭くないって言いながら、近くで談笑していたら泡を吹いて意識を失う子だって居たのよ？」

バイオ兵器かな？　泡吹いて倒れるとか相当だぞ、倒れた子の病気疑うわ。もしそれが臭いが原因ならどっかの軍が研究してもおかしくないレベルだ。

「でもデオドラント、デオドラントなら……臭いを中和──」

「っ！　それで解決するなら魔法騎士団はいらないのっ！」

軍レベルの問題だった。ちょっとクリスさん、発言がぶっ飛んでますけど、少し混乱してません？　気持ちは分かるが落ち着こう。あと足をこっちに向けるな。

「ほら、あなただって感じるでしょう？　この腐臭を」

「か、感じません！　まったく感じません。それにクリスさんも腐臭を感じて無いですよね？　さっき足の臭いを嗅いで恍惚とした表情をしてましたよ」

「違うの、違うの！　その何というか、足の臭いを嗅ぐとそういう気分になるの」

「えっ、どういう気分なんですか」

自分の発言がやばいことに気がついたのだろう、彼女は慌てて言い直す。

「違うそういう意味じゃないわ！　デオドラントで自分の足の臭いが収まることを想像するとそういう気分になるってだけよ」

「だからどういう気分なんですか！」

「ほら自分の臭いが少しマシになるような……ああもうっ――んんっ――最っ高って気分よ！」

あ、やっぱりちょっとやばい感じかもしれない。彼女は俺の顔を見て少しだけ怒った表情をした。

「なによ、うるさいわねっ！」

「いやまって、何も言ってない。ナニモイッテナイデス」

言ってないよね？　言ってないはずだ！

「言ってないけど、あなたの顔がうるさいのよ！」

「どうしろって言うんだよ！」

「嗅げば良いじゃない！　嗅いでみなさいよ。嗅ぎたいんでしょ！　ほら、そこに這《は》いつくばって嗅ぎなさい！」

嗅ぎたくないよ！　なんで嗅がせるの？　なんで這いつくばる必要があるの！　ＳＭプ

レイかよ？　てか人が倒れる臭い嗅がせるなよ！

「お、落ち着いてください。クリスさんは混乱して……」

「這いつくばれ！」

「はあぁぃいっ！」

なんだこの心のぞわぞわは。命令されているのに、別にいやな感じはしない。今までに無かった扉が開きそうな、そんな予感さえする。

さらに、だ。今の光景をななみに見られているというそれもまた、不思議な趣があって、一層上の極限状態へ押し上げてくれる。

俺が這いつくばるとクリスさんはこちらに近づき、パンツをチラ見せしながら足を伸ばす。

汗が額を伝う。

こんなに緊張したのはいつぶりだろうか。不安と絶望と、ほんの少しの希望と期待が入り交じったような独特な緊張感が、ここにはあった。

こくん、とつばを飲み込む。そしてその足に俺は顔を近づける。息を止めて、ゆっくり、ゆっくり、まるでスローモーションのように。

もう少しだという時、このまま逃げても良いんじゃないかと悪魔の声が俺にささやく。今なら引き返せると。新たな扉を開く前に、逃げるべきだと。

場合によっては俺もクリスさんも傷つく可能性があると。

しかし俺はできなかった。気がついたから、気がついてしまったから。


俺だけじゃなかったのだ。


緊張しているのは俺だけではない、彼女もなのだ。

彼女の足は少し震えていた。耳まで顔を真っ赤にしつつ歯を食いしばっている。また目をギュッと閉じており、嫌だけれど我慢しなければならない、そんなことが伝わる表情なのだ。また額、首筋、太ももからも美しい滴がつたっており、近づきすぎて丸見えとなったスカートの中からも温度と湿度を感じる。エロい。

間違いない。彼女は全力だ。彼女は全力で足の臭いを嗅がせようとしているのだ。なんで彼女が全力なのに、俺は迎え撃たないのだ？　彼女に失礼だし、足の臭いにも失礼だ。赤いパンツにも失礼だしなんなら全人類に失礼だ。

全身全霊で挑まなければならない。彼女の足を触り鼻へ近づける。

覚悟は決まった。

イくぞ！

「クン、クンッ。クン、ククンッ！　ンッウクッッ!!　ボェエ！」

光が頭の中を高速で駆け巡る。

意識が一瞬自分の体から排出されたかと思った。それぐらい大きな衝撃が俺の体を襲う。

何だ、この臭いは。

言葉にするのが難しい……たとえて言うなら未来と欲望と煩悩を混ぜ合わせ、背徳をかけたような……希望。

希望のかほり。

「新世界だ……っ！」

不安に押しつぶされそうなクリスさんは驚きの表情を浮かべる。

「えっ!?」

「新世界だよ、新世界だった。臭くない。臭くないんだよ」

「……ねぇ、それは本当なの？　本当に、本当なの!?」

臭くないのだ。嗅いだことのない新たな匂い、ニュースメル！

なぜだ、なぜかは分からないけれど、また嗅ぎたい。

「クン、クンッ。クン、ククンッ！　ああ、臭くない。臭くないぞ！　希望だ。希望の匂いだ。新世界を開く希望の匂いだ」

「っ！　うそ、嘘よね？　嘘でしょう?!」

「クンカクンカ。ああ、次からは足を出してほしい。さらけ出すんだ、空気中に散布してほしい。世界に対して失礼だ」

彼女は俺を見て、自分の足を見て俺を見て足を見て……そして足を持ち上げ匂いを嗅いで、泣きそうな顔で言った。

「私は私は………駄目っ。信じられないっ、信じられるわけが無いでしょ！」

そう言って彼女は机の上にあったドクロマークの消臭剤を掴《つか》み、生徒会室を出て行った。

「あっ……」

俺は手を伸ばすも彼女に届くことは無かった。ただ一人残され呆然《ぼうぜん》と扉を見ることしかできなかった。

残された制汗剤を段ボールに片付け、クリスさんの名前を書く。そして部屋の隅に置いて一息ついた。そしてポットで暖かい紅茶を入れ席に着き華《はな》さんを待つ。

少しして俺はふと思う。

あの時の俺達はどうかしていたと。何が全人類に失礼だよ、アホか。

ここ最近のアマテラス女学園付近の天気は快晴である。

暑いくらいの光が降り注いでいるし、風もほとんど無い。フリルのついたハンカチで顔を拭いている生徒達は夏服が恋しくなっているであろう。俺は水属性の発展である氷属性を、ストールにエンチャントすることで涼しく過ごすことができるから、冬でも夏でも快適に過ごすことができる。

しかし居心地が悪いのだ。

それはリュディとまだ少しギクシャクしているから、ではない。クリスさんの足の件からでもない。確かにそれらは少し関係していることは否定しない。

これからランチでリュディに会うことがのしかかっていることも否定しない。

だけど居心地が悪い一番の原因は皆が俺を見ることだ。その視線が以前とはまた違った視線なのだ。どちらかと言えばリュディやモニカ会長に向けられる視線のような？

『なあ、ななみ。なんか異様に注目集めてないか？』

視線をよく集めるような気がするのは俺の気のせいではないはずだ。ななみはそうですね、と肯定する。

『ようやくご主人様が評価されたのでしょう。本来なら出会った瞬間から黄色い声を上げ気絶するべきでしょうに』

『それモンスターと勘違いされてない？』

『ともかく、ご主人様のことですし、遅かれ早かれそうなると思っておりました』

『原因は？』

『予想はできますが必ずしも合っているとは言えません。ただ私の仮説が正しければクラスメイトや九条様などから耳に入るかと』

『クラスメイトから？』

『ええ、そうです。それよりもリュディ様がいらっしゃいますよ』

ななみの言うとおりだった。数十メートル先に笑顔で談笑するリュディを見つけた。彼女はお嬢様オーラを全開にしているようで、普段より高貴さが増している。

少し会話した後、彼女は俺に気がついた。対話している相手と話を終わらせる。

するとその対話していた女性は俺の方へ走ってきて挨拶してきた。

「その、ごきげんよう瀧音《たきおと》様」

なぜかは分からないが少し緊張しているようだ。俺はじっとその子を見つめる。髪にはこの学園生には珍しく派手な赤いピンがついていた。

「瀧音様、どうかされましたか？」

俺がじっとそのピンを見ていたからだろうか、彼女はそう尋ねる。

「ああ、赤いピン似合ってるなと。かわいいよ」

俺がそう言うと彼女はまるでイチゴのように顔を真っ赤にすると両手を頬に当て、かけだした。

「え？」

　思わず素の声が出てしまった。それを見ていたななみが俺に語りかける。

『妊娠したかもしれませんね、喜ばしいことです』

『対話で妊娠とか俺は一体どんな生物なんだよ』

　エロゲや同人にすらそんな設定無いと思うぞ。無いと言い切れないのがエロゲや同人の怖いところだ。

　呆然と見ていたのは俺だけでは無かった。リュディもである。彼女は猫をかぶっているから一般人には笑顔に見えるかもしれない。しかしあの様子だと少しだけ不機嫌、もしくは納得いかない時の状態だ。

　とりあえず俺は、この前はすまなかったと謝る。

「それについてはもう良いわ。なんとしてでも忘れなさい、私にも話さないで。言うたびに思い出すのよ……！」

　ちょっと恥ずかしそうにこちらを見るリュディ。

　そう言うならもう言わない方が良いだろう。だが、申し訳ないが忘れることは無理だろう。

「それにしても……あの子に何があったんだろうな？」

「ななこさんが何かしたんでしょ？」

あの子に何かをした覚えが無いんだけどなぁ。

「それよりもあなたヴェストリスさんに何かしたの？」

ヴェストリス、初めて寮に行った時に会った女性だな。

「何もしてないはずだぞ」

「ついさっき話したんだけどね、あなたのことをすごく聞いてたわ。それにいつ私達がこの学園を去るのかを聞いてたの」

「ヴェストリスさんが？」

なるほどね。なんとなく察した。ゲームではモブ扱いだったからどうなるかなと思っていたけど、こうなるのか。

「ええ。私もななこさんも長い期間は居ないことを話したら、なぜかすごく嬉《うれ》しそうに、残念だわと言っていてね。あまりに嬉しそうだったから、彼女に何か嫌われるようなことでもしたのかしらと思って。模擬戦で恥かかせるとか」

「うーん。してないんだよな。模擬戦で戦ったわけでもないし」

試合は見られていたかもしれないが。一応ななみに聞いてみるも覚えが無いそうだ。

リュディと話していると今度は伊織と合流する。

彼、じゃなかった。彼女は手を振りながら可憐《かれん》にこちらへ駆けてくる。元々小動物的であった彼だが、日を追うごとにその能力は増していっている気がする。すでにそこら辺の女の子より数十倍、数百倍はかわいい。

「へっへっへ。実はね、さっきこうす……じゃなかった。ななこさんのことを聞かれてね、どれだけかっこいいか話してきたんだ！」

おいおい……そんな悪魔的かわいさの笑顔で何を言ってるんだ。地獄の門番ですら笑顔になっちゃうぞ。

「実は私も聞かれたのよね、『ななこ様』について知りたいって」

とリュディも話す。

「なんでだろうな。もしかしてバレたとか？」

「それだったらもっと大問題になっているはずだよ！」

伊織の言うとおりだ。こんなもんじゃすまないだろうし、九条さんもさっさと俺をたたき出すだろう。

「そうだ、ななこさん達に桜《さくら》さんから話したいことがあるんだって！」

「解析が終わったのか？」

「うん、それでご飯を食べたら皆を集められないかなって」

「じゃあ俺の部屋にするか？」

「誰もいないところの方が良いわね。ただ人が増えるのなら手狭かもしれないわ」

「まあ確かに。九条さんに聞いてみるか」

それから少しして俺の部屋に俺、伊織、リュディ、華さん、そしてななみ、桜さんがそろう。久しぶりに男伊織を見たな。

「ごめんなさい、この時間帯だと誰もいない場所が無くて……」

九条さんがそう謝る。

「いえ、九条さんのせいでは無いです！　仕方無いですよ」

伊織がそう言うと華さんは頷《うなず》く。現在生徒会室は人が集まっているらしく、一番安全に話せる場所で許可を取らなくても良い場所は無いらしい。九条さんの部屋を提供すると言われたけれど、こんなに人を入れたくないだろうし、ここにした。時間があれば会議室を手配したらしいんだけど。

「早速本題に入って良いかしら？」

桜さんがそう言うと俺達は頷いた。彼女は神妙な表情で話し出す。

「預かった物を調べてみたのですが、どうやらかなり危険な物だと発覚しました」

「危険な物？」

伊織が聞くと彼女は俺達が大浴場で見つけた石を取り出す。

「ええ、これは純粋な乙女エネルギーを吸収し、別の場所へ瞬時に送るアイテムです」

「乙女エネルギーですか？」

俺とななみ以外はそれを知らないのだろう。皆の表情からはそれが読み取れた。

「簡単に説明すると女性のみが持つ魔力みたいなモノです。説明は難しいため、女性の持つ魔力と今回は認識してください」

ちなみに漢《おとこ》エネルギーもある。男じゃなくて漢である。あのイベントは笑えたが自分は関わりたくない。

「乙女エネルギーってちょっと気になる言葉だね……」

「伊織、話が進まないだろうから、とりあえず魔力と思っておこうぜ」

俺の言葉に伊織は頷く。ちなみに伊織は天使合体で両方のエネルギーが混在している状態のため、吸収されることはないらしい。あと稀に一般人にも両方が混在する人がいる。

「乙女エネルギー《魔カ》を送る。そんなアイテムが本当にあれば魔法界に革命が起こるわ」

リュディがそう言うと、桜さんは頷いた。

「ええ、今回のように別の場所へ送ることができるようにするためには、とてもとても特殊で貴重な素材が必要なの。乙女エネルギーを吸い取る魔法もすごく難しいし、貴重な媒体を使用するんだけど今は置いておいて。それ以上に送るアイテムの方が重要度が高い」

「乙女エネルギー《魔カ》を送る……目に見える形での魔力の放出は確認できませんでした。つまり転移するような形で送っている。ですから先ほど瞬時とおっしゃったのですね」

となるみが確認する。

「ええ、その解釈で間違いないわ。そんなことをできるようにするための媒体なんて、ほとんど無い。そもそも普通に手に入れられない」

「そんな物がこのアマテラス女学園に。一連の事件にはそれが使われていた？」

華さんがそう言うと桜さんは頷いた。

「ええ、アマテラス女学園で発生している事件は、同じように引き起こされたかもしれないわね。事件が起こった場所を再度調べてみましょう。私やななみさんなら手がかりを見つけられるかもしれない」

「早速調べよう！」

と伊織が立ち上がろうとするのを俺は抑える。

「まあ、まてって。話を全部聞いてからでも遅くないぞ。てか男の姿で行ってどうすんだ」

ただ伊織は合体しなくてもアマテラス女学園の制服を着せればバレなそうな気がするが。

「そうですね、ご主人様のおっしゃる通りです。疑問はいくつかあります。なぜ乙女エネルギーを得てそれを転移させる必要があるのか。何のためにそれをするのか等」

桜は頷く。

「それに関しての推論はあるわ。必ずとは言えないけれど、その可能性は高いと思う」

「それは、なんですか」

リュディが聞くと桜さんはすぐに答える。

「まず見つけたこの石について少し話すわね、その方が分かりやすいと思うから」

と彼女は石に視線を向ける。

「さっきも話したけれど、これは乙女エネルギーを別の場所へ送ることができるアイテム。実はこれ扱うのは非常に難しいの」

そうなんですか、とリュディが尋ねると桜さんは肯定した。

「もしこれを持っていてそれを使いこなすことができるとしたら、それは悪魔や魔族かそれらを後ろ盾にしている人だけ」

「魔族っ！　なんでこんなところに……」

伊織は驚いた様子で声をあげる。彼は以前会長と一緒にダンジョンで魔族と戦ったはずだ。

「魔族とは言っても様々な種類がいて思想も違う。だからこそ理由は分からないわ」

桜さんの言いたいことは魔族にも人間、獣人、エルフのようにいくつか種類が居て、その一人一人の考え方が違う、そういうことなのだろう。

「でも今回の魔族は、何と関係があるかが分かっている」

「それはいったいなんでしょうか？」

華さんが尋ねると桜さんは神妙な顔で話す。

「それはこの世界の人達に分かりやすく言うと『邪神』ね。問題を起こしている宗教があるくらいだから、知らない人はいないでしょう」

「邪神ですって⁉」

リュディの顔がこわばる。リュディの場合は邪神教の信者に襲われたことがあるため、そのことを思い出したのだろう。少しだけ手が震えていた。

「リュディ、大丈夫だ」

だから俺は笑顔でそう言った。今回のイベントではリュディを主として狙うわけでは無いが、今後はまた狙われることもあるだろう。しかし彼らの好きにはさせない。と俺は思っているが、彼女は心から安心できるかといえばそうもいかないだろうな。怖い物は怖いのだ。

「ことが大きくなってきましたね」

ななみは呟《つぶや》く。

まさか邪神、という言葉が出てくるとは思わなかったのだろう。皆が皆驚いている様子だ。

ただ俺は今回の事件の全貌も関係者についても知っている。そして今回彼女らがこれで何をしたいのかも知っている。

桜さんは話を続ける。

「これは今、石の形に形成されているのだけれど、中に邪神の角のかけらが入っているわ。

だから邪神と関係のある魔族しか持っていないはずなの。品質も良いから、関係者でも入手は困難でしょう」

だから邪神教なのか、と伊織が納得する。

「品質って魔石みたいに良い物ほど強い、ってことだよね？」

「そうよ。あと品質が良ければ良いほど加工が難しい。その上に使うにはメンテナンスが必要。使える場所も限定されるわ。それを大浴場に設置、ね。そんなの普通にできるわけが無い。つまりどういうことか分かるわね？」

もちろん全員がその意味に気がついただろう。

「学園内に、協力者がいる？」

伊織は言う。誰も否定はせず、重苦しい沈黙が辺りをつつんだ。

少しして華さんは小さく息をつく。そして悲しそうに微笑《ほほえ》んだ。

「その可能性も考えていたけれど、確信を持って言われると……少しつらいわね」

そう言って目を伏せる。

「でもなぜその石を置いていったの？　貴重な物なのに」

伊織の問いに俺が答える。

「使える場所が限定されているし、大浴場なら自然すぎて気がつかない、逆に石を何度も持ち運ぶ方が怪しいとでも思ったんじゃないか？」

そっかぁと彼は納得した。

「…………なぜ悪に手を貸すのかしら」

リュディはそう呟いた。

「彼らにとっては悪とすら認識していないのかもしれません、場合によっては正義となっていることもあり得ます」

そうななみが言う。

ななみが言いたいことはなんとなく分かる。立場を変えれば多分俺らが悪で自分らが正義だと思っているのだろう。

対立していてそのどちらも正しいと信じているならば、最終的に勝った方が正義なのだ。

「今後のことだけど、ある程度なら乙女エネルギーが送られている場所は絞り込めてるけれど、そこが広すぎて詳しく分からないの。だから少し泳がせましょう」

「泳がせる？　犯人を？」

「ええ、犯人を泳がせて捕まえるの。もしくはそのアイテムをメンテナンスしているところを押さえるか。それで大分絞れるから」

桜さんの言葉に華さん以外が頷く。

「あまり生徒を危険にさらしたくありませんね……」

「それに関しては申し訳ないけど我慢して貰うしか無いわね。幸い犯人や協力者は人を殺そうとまではしてなさそうだから。大ごとにさせないで、長く乙女エネルギーを吸い続けたいのかもしれないけれど」

「……………本当に大丈夫でしょうか？」

華さんは心配そうに言う。

「大丈夫ですよ」

そう俺は言う。

「俺達がいるんですから、必ず生徒達を守ります。なぁ伊織、リュディ、ななみ」

「うん、当然だよね」

「私もできる限りやらせていただきます」

「メイドが最強であることを証明しましょう」

俺達の顔を見て華さんは優しく微笑んだ。そしてありがとうと、嬉《うれ》しそうに言った。

その言葉を聞いた伊織はニコニコしていたが、急に何かを思い出したのか、手をたたく。

「そうだ。ねえ桜さん、僕は一つ気になってたんだ」

「なにかしら？」

「桜さんはある程度なら場所を絞れるって言ってたよね、広すぎるとも。それってどこなの？」

「ああ、それはね……アマテラスダンジョンよ」

彼女が言ったのはこの学園にあるダンジョンだった。

どう犯人を泳がせるかは授業を終えてから考えよう、ということになり俺達はその場で解散する。なるべく普通の学園生活を送り、油断させてから隙を見て一気に仕留める作戦である。

ということで俺も教室に戻り、クリスさんやミレーナさん、そして聡美《さとみ》さん達と授業を受けた。とはいえ家庭的な授業だったため、ななみに任せたのだが。

それからすべての授業が終わり、さあ帰ろうかと思い席を立つ。そして荷物を持ったところで聡美さんの声が聞こえた。

「ななこちゃん、ちょっと良いかい？」

「？　どうしたんですか？」

俺が荷物を置きながら聞くと、聡美さんは俺の横へ来ると腕を伸ばし肩を組む。そしてニヤニヤした顔で話し始めた。

「最近変わったことが無いか？」

「最近変わったことですか？　ああ、なんか良く挨拶されるようになりましたね」

以前はリュディのおまけ扱いだったが、なぜか今は俺も挨拶されるようになった。

「あらあら、そうなるわよね」

とミレーナさんが会話に参加する。

「ま。乙姫様《おとひめ》は人気があるからな、大変だぜ。それにスーパーシスターの件もあるし、一波乱あるかもな」

「乙姫？」

と彼女から聞き慣れないことばを聞いたので聞き返す。童話の浦島太郎に出てくるやつなら知っているが、ここは日本じゃ無いんだよな。

「あらあら、本人は知らないのね。実はちょっと鈍感なのかしら」

苦笑いをしてミレーナさんは言う。

「あーあ。たいへんそ。頑張って」

「半分はあなたが原因じゃない」

「でもあたしがどうこうできる問題じゃないだろ？」

「そうね」

と生暖かい目で俺を見るミレーナさん。

「ということだ、頑張れ乙姫様」

ぽんと俺は肩をたたかれる。

え？　乙姫？

七章　最悪の現実

ここ最近ずっと彼女のことを考えてしまう。

瀧音《たきおと》ななこ。

それは足の臭いを嗅がせてしまったこともある。私はあの時どうかしていたのだ。ずっと悩まされてきたこの臭い。

嘘でしょう、と笑いながら臭いを嗅いで泡を吹いて倒れた人を見れば、誰だって考えが変わるはず。

瀧音ななこは臭くないと言っていたが、そんなわけない。

それを忘れようとしているのに、瀧音ななこはいろんなことがあって有名になりすぎた。嫌でも耳に入ってくる。そしていろんなことを考えてしまう。

なぜ有名になったかを考えるといくつか理由が思い浮かぶ。

一番大きいのは二学年で片手に入るであろう聡美に勝利したことだ。それも獣化という

―クリス視点―

彼女の本気の姿を倒してしまったのだ。

ななこは聡美に対して自分と一番相性が良い人だった。と語っている。しかしその相性さえもひっくり返すのが聡美であり、獣化である。そもそも接近戦は聡美が一番得意な距離でもある。

彼女が獣化して、距離を詰めていたら私も勝ち目はほとんど無いだろう。彼女を懐に入れるのは、自殺行為である。

しかし彼女は腰につけていた刀の刃を見せること無く、自らがまとうストールだけで倒してしまった。

その様子を見た人々が口々に『乙姫』と称したのも仕方ない。

乙姫は龍宮城に住んでいたとされる『水龍』に仕える美しい女性である。彼女は美しい羽衣をまとい、美しい舞を踊ったとされる。また実力も高く、水をまるで自分の腕のように操るだとか、天候すらも変えるほどの力もあるだとか言われていた女性だ。

瀧音ななこと乙姫は類似性がある。

乙姫と言われた理由の一つはそのストールだろう。まるで羽衣のようなそれをまとう彼女の姿は、絶世の美女とされた乙姫と近しいだろう。

そして彼女の戦いかたもまた乙姫と言われる理由の一つだ。ストールを自在に操り、最小限の動きで攻撃をいなす姿は、まるで踊っているようだったから。舞が得意な乙姫とかけて言われるのも分かる。

彼女の容姿もまた、乙姫と言われる所以《ゆえん》だろう。彼女は誰もが認める美人である。高身長でスタイルが良くて容姿が良い、そして赤いストールをまとっていたため、学園に来た当初から少し話題になっていた。そしてエルフの宝石であるリュディヴィーヌ様の横に立っても全く違和感を覚えないほど美しい。

そして仕えるリュディヴィーヌ様を立てるその謙虚な姿もまた、水龍に仕える乙姫のように見えたのだろう。

それはこれ以上にないくらい彼女にぴったりな二つ名だった。

そういうこともあって彼女の行動は皆が気にするようになった。彼女が体調を崩した生徒をお姫様抱っこで運んだのもまた、たくさんの人が見ていた。かっこいい、私も運んで貰いたい、などと話す生徒を私も見たことがある。

さらに九条《くじょう》お姉様と非常に懇意にしていることも分かっている。よく二人で談笑しているのを見た人が多く居るのだ。皆が尊敬する九条華《はな》お姉様と乙姫様が対話している姿を、女神達の休息と言う者も居る。

彼女は人気が出てしまった。いえ、出過ぎてしまった。乙姫に憧れて、自分の持っている物に赤を入れるのが流行《はや》ってしまうぐらいに。

ヘアピン、かんざし、ヘアゴム、アクセサリーにだって最近は赤が入っている。こんな現象は九条お姉様以外に見たことが無い。

なんでそうなるのは私じゃ無いんだろう。

私はやっぱり地味なのか、突出した強さが無いのか。でも皆のために活動をしてきたつもりだ。つもりだったのだろうか？

最初は九条お姉様が憧れだったし、魔法を始めたきっかけも結構不純だったりするから、それが皆に伝わっているのかもしれない。

ふと昔のことを考える。

私が魔法を一生懸命に覚えたのは、お見合い結婚が嫌だったからだった。貴族は親の決めた相手と結婚させられるのが普通だと思っていたし、させられた人を見たこともあった。当時小さかった私は白馬の王子様とは言わないまでも素敵な男性と結婚したいと思っていた。お見合いで決めるだなんて、まっぴらごめんだと。

しかし魔法使いとして実績を残せれば、お見合いの時期を遅らせたり、自分の自由にできると考えたのだ。実際にはそんなことは無く結婚さえしてくれれば良いという放任主義的な考えの家だったのだが。

そんなことを当時の私は知らず、強制でも無いお見合い回避のため頑張ろうと魔法の本を持ってお母様に教えて貰《もら》ったのを覚えている。

そして初めの思いを忘れるぐらいに、魔法に心を奪われた。

初めて使った魔法はファイアである。手のひらサイズの小さな炎を生み出すのに私はかなりの時間を要した。

しかしそれを苦労して成功させた時、自分の中で大きな何かが動き出したのだ。

すごい、と連呼したのを覚えている。

ろうそくの火よりも少し大きいぐらいの、息を吹きかければ消えそうな小さな炎だったけど、私はそれに感動したのだ。

それは目的が変わった瞬間でもあった。もっと魔法が使えるようになりたいと。

私は魔法、特に火の魔法と相性が良かったこともあって、毎日のように訓練した。それはとても楽しく私の心を満たしてくれた。

もっと強くなりたい、もっとすごい魔法を使えるようになりたい。あわよくば大会で優勝したい。そんな思いが強くなってきた時に私は彼女の名前を知った。

モニカ・メルツェーデス・フォン・メビウス。

とてつもない強さを誇る、火の魔法剣士。ツクヨミ魔法学園現生徒会長で、同年代に敵なし。最強と冠されるほどの女性。

私は彼女の強さに惚《ほ》れ込み、大会を見に行くことにした。私がまだ入学前で、九条お姉様やモニカ様が一学年の時だ。

九条お姉様のことを初めて知ったのはその時だった。モニカ様に次ぐ優勝候補と言われたスサノオ武術学園の現獣王を倒したのだ。

彼女が獣王を倒した時に起きたのは、驚きによる一瞬の沈黙と万雷の拍手だった。だれも彼女が勝つと思っていなかったのだ。そして勢いそのままにモニカ様と戦った。

結果は下馬評通り、モニカ会長の強さは本物だった。しかし九条お姉様はそんな彼女に唯一対等に戦えた女性でもあった。その時の感動は今でも覚えている。

もし九条お姉様とモニカ様の戦いを見ていなければ、多分ツクヨミ魔法学園に入学していただろう。

それぐらい九条お姉様に強い憧れを抱いたのだ。火の魔法を得意とする私だからこそ、モニカ様のすごさをより理解できただろう。でもそれにしっかり対応できた九条お姉様のすごさを誰よりも理解できたと思っている。

彼女達はどちらもすごかったがその方向性は少し違う。だから私は悩んだ。どちらの学校を受験するか。

モニカ様が赤い薔薇《ばら》のように辺りを引きつける存在感ならば、九条お姉様は白い百合《ゆり》のように美しく凜《りん》とした姿だろう。薔薇ほど存在感はない、謙虚でありながら目を引くような美しさがあった。

私は悩みに悩んで九条お姉様を選択した。私はその選択を間違ったと思わない。知れば知るほど慕いたくなる女性だった。

尊敬できる立派な考えを持っていた。実力を持っていた。そして昔の私と同じようにお見合いを勧めてくるご両親に困る普通の貴族のような姿を見て、より親近感も増した。

全部が全部素敵に見える女性だった。

私は少しでも近づきたくて生徒会に入会した。そして九条お姉様のため、生徒達のための活動を行った。スーパーシスター投票の時はもちろん九条お姉様を応援した。

そして前代未聞の生徒会長兼スーパーシスターになった際には自分のことのように喜び、私もスーパーシスターになりたいと思うようになった。

そして私はまず自分の実力を磨かなければならないと思った。そして足の臭さを隠し、生徒達の見本になれるように、品行方正で皆に慕われるような女性を目指して過ごしてきた。

毎日訓練もしたし、学年で一番を争う実力も手に入れた。並大抵の努力では無かった。それができたのは九条お姉様がいたおかげだ。

そして少しずつ、本当に少しずつ、私を尊敬してくれる子が出てきた。それはとても嬉《うれ》しかった。

でも私が一年コツコツと積み上げたことを瀧音ななこは一週間もせずに成し遂げてしまったのだ。

乾いた笑いしか出なかった。自分の想像以上に悔しかったのだろう。涙が出てしまうくらいに悩む夜もあった。

自分の力不足をこんなに嘆いたのは初めてだった。

そして瀧音ななこがいなければ、全部うまくいったのではないかと思うこともあった。

そして自分の最低な考えに自分で嫌悪し、ふがいなさに潰れてしまいそうになった。

どうせ今日もまた、自分に嫌気がさすんだろう。

そんなことを考えているとコンコンと部屋がノックされる。私がどうぞと言うと彼女、ヴェストリスはまるで自分の部屋のようにずかずかと入室してきた。

「ごきげんよう、ガウスさん」

「ごきげんよう」

今、一番会いたくないやつが来てしまった。入れてしまったことを少し後悔する。

「相変わらず辛気くさい部屋ね」

「あらあなたのまぶしい部屋よりかは過ごしやすくてよ」

見た目だけ綺麗《きれい》な金銀装飾が施された家具に囲まれているなんて、目が疲れる。九条お姉様のようにシンプルな部屋の方が好きだ。

「あらあら、物の価値も分からないだなんて、かわいそうな方ですわね」

「あなたとは一生相容《あいい》れないわね。それでご用は何？」

用がないなら出て行けと、気持ちを込めて言う。

しかし彼女は私の言葉を無かったかのように流し、額に手を当て悲しそうな表情をした。

「私、憤っておりますの」

「あら、奇遇ね私もよ」

あなたに対して、そして自分に対してだけれど。

「巷《ちまた》では乙姫《おとひめ》、乙姫ともてはやされているあの小娘に対してよ。あなたもでしょう？」

少なくともあなたよりは身長が高いし実力があるわ、という言葉を呑《の》み込む。

「別に……」

「嘘ね、気になってしょうがないはずよ。スーパーシスターを目指しているあなたなら特に、ね」

私が沈黙していると彼女はニコニコした顔で頷《うなず》く。

「私達のようにスーパーシスターを目指す者にとっては、部外者に票が行くことは困る。そうよね」

「私はあなたほどあからさまに目指しているわけじゃないけれど」

私は彼女のスタンスが大嫌いだった。

スーパーシスターを目指していることを公言し、自身に逆らえない家の子を家来のように扱い、選挙活動のようなことをして票を集めるそのスタンスが。

気に食わない相手がいれば自分の家を盾に脅すところとかも大嫌いだった。

決して相容れることができない人種だとすら思っていた。

「彼女は目にあまりませんこと？」

「別に？　私達の実力不足なだけでしょう？」

もし認められなければスーパーシスターなど要らない。


私はそう思っていたはずだった。


でもここまで頑張ってきていてその思いが揺らいでいたのも事実だった。

本当にいらつく。瀧音なながにではない。こんな考え方をしてしまう自分に対して私はいらついている。

「気持ちは分かるわ。私はあなたが嫌いだけれどその高いプライドは好きだった」

彼女にプライドの高さの話をされるのは少し苛立《いらだ》つ。あなたこそ見栄《みえ》が体に張り付いていて、手が届かないくらいプライドが高いでしょう。

どうでも良くなって私は何も言わず視線を外す。しかし彼女は肩に手を載せこちらに声をかける。

「あなたの努力を私は見てきたの。ライバルながら、じっくり見ていましたわ。だからこそですわ。だからこそ……瀧音ななこに取られるぐらいならまだあなたの方が納得できますの」

「ほんと、口が悪いわね」

思わず口から漏れる。彼女は自覚しているのか、反応はしなかった。

「それだけではありませんわ。由緒ある学校、そして行事を他校の生徒に邪魔させてはいけないの」

他校の生徒に票が入ることは私もどうかと思う。でも九条お姉様は別に気にしていないようだったし、そういうルールが明確に記されているわけでは無い。

「しかも貴族でもない彼女に票が入ることさえ、許されざることだわ」

彼女はギリッと爪をかむ。

彼女の姿を見てふと、もったいないと思う。彼女は魔法の才能だけはあるのだが、実家の持つ強さとお金で勘違いしているのだ。あぐらをかいていると言えば良いのか。人並に訓練して強くなるだけでも人気も声援も大きくなるだろうに、大きくなったのは勘違い度合いと貴族のプライドだ。

「瀧音ななこにスーパーシスターの欲は無いでしょうし、私達で彼女の票をなくしてしまわない？」

「ムリよ」

「できるわ。私に案がある」

「そんなこと、できるわけ無いでしょう」

「できるわ。私の魔法とこの策があれば。あなたは誘うだけで良いの、後は私がするから」

「でも……」

「今後、ずっと後悔するでしょうね」

彼女が言うことは悪魔のささやきであることは知っていた。

「スーパーシスターの座を、諦めたいの？　あんなぽっと出の小娘に、由緒あるスーパーシスターをめちゃくちゃにされて良いの」

私はなりたかった。スーパーシスターになりたかった。九条お姉様のようにスーパーシスターになりたかった。ずっと頑張っていた。

今までの行動が思いが濁流のように私の頭の中を流れていく。こんな思いになるのは初めてだった。

「私と協力しましょう」

彼女は黒い魔石の指輪をした手を差し出し握手を求める。

それを摑《つか》んではいけない。どんな濁流に呑み込まれていても、それを摑んではいけない。私は溺れないように必死に呼吸し、岸を探さなければならない。だけど辺りには何も無くて、助かる道も無くて、結局私は手を伸ばしてしまった。

手を取ってしまった。


「ここよ、生徒達はここで祈ってからダンジョンへ向かうの」

私はそう言って瀧音ななこ、リュディヴィーヌ様、聖《ひじり》伊織《いおり》をそこへ連れていく。

ヴェストリスにアマテラスダンジョンに言われたことは単純で、瀧音ななこをとある場所へ案内することだった。

それはアマテラスダンジョン一階にある、小さな家ぐらいの社である。

多くの生徒がダンジョンへ行く前に来るスポットで、私も何度も来たことがある。

そこで同級生や下級生と無事を祈って、ダンジョンへ行くのだ。

「まるで神社ですね」

その社を見て瀧音ななこはそう表現する。彼女は和国の出身であるから、こういった物を見なれているのだろう。

私は自国でこういった様式の建築物は珍しかったから、興味津々で見た覚えがある。

「どうしたの？　様子が変ですよ？」

ななこは私を見てそう言った。

「いえ、ダンジョン攻略が楽しみなだけよ」

私はそう言ってごまかした。そして制服のポケットに入っていた石を握りしめる。

ヴェストリスはこの石を、自身の配下の女性に渡してほしいとのことだった。その彼女らしき人は幾人かの仲間と同じように社でお祈りをしていた。

後は彼女がすべてをする、と。

私は彼らを社に近づけながらふと思う。

自分は何をしているのだろう。こんなことをしてまで、スーパーシスターになりたかったのか？　私が求める、私が憧れるスーパーシスターとは、何だったのか。

今日もまた幾人かの生徒がお祈りをしているようで、辺りには人が結構居た。私達は少しだけ並んだ列に並び、そしてようやく自分達の番になった。

私が社の前にある鈴の紐《ひも》に手を触れた瞬間、それは起こった。

「え？」

急に横にあった燭台《しょくだい》のような物に火がともったのだ。

そして急に社のドアが開かれ、中が開放される。

「なに、これ。鏡？」

その開かれた扉の先、本殿の中には鏡があった。それには大きなヒビが入っていて、その隙間から黒い光が漏れている。

熱い！

私は急に脇腹に熱を感じ、ポケットに手を入れ原因の物を取り出す。それはヴェストリスから渡された石だった。

その石が黒く光り輝くと、ヒビはさらに大きくなっていき、やがて甲高い音を立て割れてしまった。

すると今度は割れた鏡の下に魔法陣が浮かび上がる。ガラス片や鏡台などが消え、代わりに紙で作られた獣のような物が何匹も何匹も飛び出してきた。そして近くに居た生徒達に向かって走り出し、その爪、角のような物で攻撃を始める。

私はとっさに大きく後退しながら呆然《ぼうぜん》とそれを見ていると、ヴェストリスの子飼い貴族の子が叫ぶ声が聞こえた。

「クリスティーネ様がモンスターを召喚っ⁉」

「え？」

混乱した。私はそんなことをしてなかった。だけど彼女は私がモンスターを召喚したと言って、走り回った。声を高くして走り回った。

その声を聞いて近くにいた何人もの生徒達は私を見つめる。その視線で私は理解した。

私は嵌《は》められたのだ。

ヴェストリスは瀧音ななこを狙っていたのでは無い、最初から私を嵌めるつもりだったのだ。

「ななこさん、伊織、来るわ」

リュディヴィーヌ様の落ち着いた声に我に返る。

まず彼女を守らなければならない。他学園、それもトレーフル皇国の宝を。それを考えてさらに理解した。そうか、私がリュディヴィーヌ様を攻撃しようとしているように見せたかったのだろう、と。国の重要人物を攻撃したとすれば、場合によっては国際問題だ。

ヴェストリスはこのことも考えていたのだろう。

私が彼女のそばに行こうとすると、ヴェストリス子飼いの子が私を見ていた。近づくとまた何かを言うのだろうか。

その時紙でできた蝶々《ちょうちょう》のような物がこちらに近づいてきたため、私は火球をそちらに当てる。どうやらその蝶々も生徒達を攻撃しているようだ。

リュディヴィーヌ様達、そして幾人かの生徒が戦っていたが、未《いま》だモンスターは出現している。

まだ出続けている。

因果応報だと私は思った。私はななこを嵌めようとして、でも結局私が嵌められて。ふとヴェストリスが言った、『ずっと後悔する』という言葉が頭の中をよぎる。

手を取ってから後悔していたし、今も大きく後悔している。

そしてこれから先ずっと後悔することになるだろう。今まで積み上げた物をすべて無にするどころか、マイナスにまでさせられて。自分のプライドや信念のような物も捨ててまでしたのに。

本当に最悪だ。

でも、でもだ。せめて散り際だけでも綺麗にしていきたいと思った。私の評価が地に落ちようとも、学園や生徒達に被害を与えたくない。

たとえ自分の命がつきようと。

だから私はそのモンスターが出現する社の中、転移魔法陣へ飛び込んだ。

「クリスさん！」

ななこ達が叫ぶ声が聞こえた気がする。

「止まりなさい、クリス、クリスっ！」

幻聴だろうか、九条お姉様の声も聞こえた気がする。こんなところにいるわけが無い、仕事と言っていたのを聞いた。それに呼ぶのが誰であろうと私は止まれない、止まってはいけない。

転移が終わると私はモンスター出現の元凶を探す。そこは広めの坑道のような道だった。どうやらダンジョンになっているようだったので、私は先へ進むことにした。無我夢中で、がむしゃらに先へ先へと。

襲ってくる紙の獣のような物を焼き払い、私は先へ先へと。残りの魔力など何も考えず、すべてのアイテムを使って休むこと無く進み続ける。

いくつフロアを進んだだろうか。どれくらい時間が経過しただろうか。魔力を半分以上使い、ようやく最奥らしき場所へたどり着いた。

そこには一人の人間が立っているように見えた。しかしよく見ればそれは人では無かった。

「紙？」

それは紙だった。人、それも兵士を模して折られたような紙が、そこにあった。それはダンジョンで現れた敵と同じように動いている。

また紙兵士の足下には魔法陣があり、そこから紙がいくつもいくつも浮かび上がってくる。それらは空中で手を触れること無く自動で折られ、やがて獣や蝶々等の形になった。それは数秒もかからない早さだろうか。

作られた紙の生物は、まるで生きているかのように転移魔法陣へ向かって飛んでいく。

多分あの人形《ひとがた》の紙が元凶だろう。

アレを倒せばモンスター達の出現は抑えられる。そのはずだ。私は杖《つえ》を構え、魔力を高める。

するとその紙兵士は私を見つけたのか、ゆっくりと体をこちらに向ける。そして紙の腕をこちらに向けた。

それと同時に紙蝶々が向きを変え、私に向かってまばらに飛んでくる。いくつもいくつも数え切れないほどに。

しかし私には魔法がある。

「素材が紙なら、焼き払えば良いでしょ！」

私は魔法を発動するとそこに大きな炎の壁ができた。

ダンジョンの攻略中も同じように紙でできたモンスターが現れていたが、大抵は燃えて簡単に倒せた。あんなよく分からない蝶々でも紙は紙だし、焼き尽くしてしまえば良い。

しかし、それは間違いだったのかもしれない。

私の炎の壁にいくつもの蝶々が突っ込んでいく。

確かにある程度効果はあっただろう。その蝶々は燃え尽きる物もあった、だけど燃え尽きない物もあった。

多すぎるのだ。多すぎて火が回る前に、蝶々達は火の壁に突撃し、あろうことか壁を破壊してしまった。

「数が多すぎる……」

私の火の壁に突入したことで、いくつかの蝶々は燃えたまま私に向かって飛んできた。

自分の攻撃で相手の攻撃を強化してしまった。

しかし数は減ったし壁を突破された時点で動いていたから、回避は余裕だった。そして空中で

だが私が避けている間に紙兵士の周りにはいくつかの紙が浮かんでいた。

いくつもの紙が同時に折られていく。

「今度は何？　サイコロ？」

できあがったのは正方形の箱のような物体だった。それらが紙兵士の周りを漂っている。

それは先ほどの蝶々とはまた違った動きをした。それはいろんなところに、いくつもばら撒《ま》かれたのだ。

そしてそのうちの一つが私の近くへ来ると、その箱のような物は空気をパンパンにしたかのように膨れ上がった。

「っ!?」

危険を察知して私は避ける。するとそのサイコロのような形の箱は破裂した。

「まさか爆弾!?」

それだけでは無かった。すでに紙兵士は別の何かを折りあげていて、それを私に放つ。それは一直線に、それもかなりの速さで飛んでくる。

私はとっさに火球を放ち、向かってくる平らな物にそれを当てる。しかしそれは火球を切り裂き、私の元へ飛んできた。

それを必死に避けるも、それの一つは私の足をかすする。形は星のような物だった。ただ避けたのは間違いだったかもしれない。なぜならばばら撒かれた正方形の箱が近くにあったからだ。

爆発、する。

その箱が膨れ上がるのを見てとっさに体をひねり、身体強化した腕と手で顔を覆う。少しでもダメージが抑えられるように。

目も開けられないほどの衝撃波と爆音が私の体を通り過ぎていく。

失態だった。あの箱をばら撒いた時点で、これが地雷のような物であると理解しなければならなかった。もっと周りを見ていれば良かった。それにもっと仕組みを早く知っていれば、こんなことにならなかったのに。

「だめね、足が動かない」

顔などはかばえたが、足はかばえなかった。今から回復魔法は間に合うだろうか。回復アイテムは間に合うだろうか。

動けない体でぼうっとその紙兵士を見つめる。

なんとなく分かったのだが、あの紙は折る手間がかかればかかるほど、その威力が高い傾向がある。

蝶々よりも時間がかかった星が強く、爆発するサイコロのような物もまた時間がかかっていた。

そして今作られているのは。

「すごいわ、こんな物も折れるのね」

その兵士の周りで十枚以上の大きな紙が同時に折られていく。それらは小さい雷のような形になった。全部がその雷のような形になると、それはほかの紙と組み合わさって形を作っていく。それを私はただ見ることしかできなかった。

最終的にその十数枚の紙は『金平糖《こんぺいとう》に近い形をした箱』のような形へと変化した。

「あんなに複雑で大きい紙で作られたアレは、いったいどれだけの威力があるのかしら」

避けられないし、防げる気もしない。

その金平糖のような物を見ていると不思議な感覚が私を襲う。間違いなく死に近づいているというのに、私の頭はどうでも良いことを考えるのだ。

「……すごいわ、あんなのも折れるのね」

そういえば九条お姉様は和国出身だ。和国には折り紙という文化があったはず。これも折り紙の一種なのか。

かくかくした球体のような、なんだか不思議な形だ。すごく計算し尽くされた図形でできているように見える。部屋の隅に飾っても綺麗《きれい》かもしれない。

紙兵士はその金平糖のような物を私に向かって投げつける。そしてそれはまっすぐ私に向かって飛んでくる。受ければ死ぬだろう。しかし避けることはできない。足が動かない。単純な魔法で止められるとも思えないし、あれを防ぐほどの魔法をすぐには用意できない。

近づくその金平糖を見ながらふと思う。

「もしかして九条お姉様なら、あの形に折れるのかしら」

もし折れるならその仕組みを見てみたいかもしれない。九条お姉様のことだ、多分簡単に折ってしまうだろう。

だから私はいつも通り、九条お姉様に教えて貰《もら》うのだ。優しく笑いながら、ゆっくり丁寧に、その綺麗な手で私に折って見せてくれるだろう。

九条お姉様は面倒見が良いから、できるまで手取り足取り教えてくれると思う。そしてできあがったら、二人の思い出として生徒会室に飾るのだ。

二人でそれを見て、生徒会役員がそれが何かを聞いてきて、冗談交じりにお姉様との秘密って答えて。

ああ、そうだ。もう会えないんだ。ばかだなぁ私は、そんなことを考えるなんて。

死はもう目の前に来ていた。私の体は綺麗に残らないかもしれない。できることなら九条お姉様達にはそんな姿を見せたくはない。でももう私がモンスターを呼び出したような噂《うわさ》が立っているでしょうし、適当に扱われて終わるのか。場合によっては死体すら見つからず逃げ出したなんて思われるかもしれない。

金平糖との距離は十メートルも無い。それは私に向かって飛んで飛んで………もう少しというところだった。

私の前に赤いストールが割りこんできたのは。

赤いストールをつけたその人は刀を抜く。いや気がついたら抜いていたと言うのが正しいか。気がつけば刀を振り切っており、あの金平糖は綺麗に真っ二つになって左右に分かれて飛んでいた。太刀筋は全く見えなかった。

「遅くなってすみません、クリスさん」

彼女かと思った。

しかしそれは知っている人では無かった。

髪の色も違うし、体型も違う。でも身につけているそれは羽衣であるし普段持ち歩いている刀だった。でもやっぱり彼女では無かった。

「なな、こ？」

『彼』だった。彼は男だった。

耳をつんざくような爆音と、熱風が私達の周りを包む。二つに分かれたあの金平糖が爆発したのだ。

今まで見たことの無い大きな爆発だった。

しかしやけどするような強い熱波は来なかった。

彼の羽衣が私を守っていたから。

彼は顔だけこちらに向けて笑顔で言った。

「後は俺達に任せてください」

八章　折紙 -部頭-

―幸助《こうすけ》視点―


呆然《ぼうぜん》と俺を見る彼女を見て、安堵《あんど》の気持ちが体中を埋め尽くす。

なんとか、間に合ったと言って良いだろう。

制服はボロボロだし、顔は土で汚れているし、鋭利な物で切られたのか血を流しているし、足は特にひどい。

かなりギリギリだったが、致命傷では無い。さっきの爆弾を受けていたらほんとうにやばかっただろうが、ともかくなんとか間に合った。

「後は俺達に任せてください」

俺はそう言いながら数日前のことを思い出す。

俺達は犯人を見つけるためにそのアイテムを大浴場に戻して泳がせた。

犯人と魔力が送られている場所を発見するのは、大浴場の事件から片手で数えられるぐらいの日数だった。

俺は誰が犯人なのかを知っていたから、少し誘導しようかとも思ったがその必要が無かった。一番は犯人の行動がおざなりだったからだ。大浴場に設置していた石を堂々と回収するとか、俺だったら考えられないくらいの愚行である。

その犯人は闇魔法の使い手ヴェストリスである。そして場所はアマテラスダンジョン一階にある社だ。

ただしまだ俺以外の皆は、ヴェストリスを邪神教の信者だと思っているだろう。

彼女は邪神教のことなど一般人並にしか知らない。彼女の狙いはスーパーシスターになるために、現在一番人気のクリスさんを引きずり下ろすことだけだったから。

ヴェストリスは位の高い貴族である実家の影響で、とてもわがままに成長している。自分の思い通りに行かないと怒る上に、無理矢理《むりやり》思い通りにさせることもあった。手段を選ばずに。

そう、ヴェストリスは手段を選ばない。スーパーシスターになりたいと思ったらどんな手でもつかう。協力を頼む相手が悪魔や邪神教であろうと。

どういう経緯でヴェストリスが邪神教と手を組んだのかゲームで詳しくは語られていなかったが、ライターがヴェストリスの家自体に問題があると発言している。そこから悪事に手を染めるやばい貴族だったんだろうなと個人的に予想している。それ以上のことは語られなかったから、予想でしかないが。

桜《さくら》さんはヴェストリスを見て「この子はそれなりに強いかもしれないが、あのアイテムを用意して使用できるように調整できるわけが無い」と断言していたがその通りである。

だから桜さん達はヴェストリスをさらに泳がせることにした。

ヴェストリスを今確保するより、その裏にいる者を引きずり出した方が良いという判断だ。根本を断絶しない限り、同じようなことが起こる可能性がある。またヴェストリスを捕まえることでバックの組織が諦めるならば良いが、逆に強硬手段を使われ生徒達に被害が行くようなことがあってはならない。

なら被害軽微のうちに色々情報を集めようと。

そしてそれはある程度うまくいった。場所の目星はすぐについたが、黒幕のことについては分からなかったのだ。

それは仕方ないかもしれない。黒幕は現在学園にはおらず、監視役が下っ端に紛れて動いていたからだ。

もちろん俺は大抵のことを知っていたが、今後のことを考えてあえて何も言わなかった。

そして桜さん達はヴェストリスを泳がし続けて今回の事件が起きた。起きてしまった。

俺以外の人は衝撃的だっただろう。だって魔力が送られていた『社』で何かしらを起こすならヴェストリスだと思っていたのだから。しかし起こしたのはクリスさんだ。

ただ社に近づく際は警戒しようと皆で話し合っていたし、九条《くじょう》さんにはなるべく社に近いところにいてと俺が前もってお願いしていたから、九条さんもすぐに駆けつけてくれた。

しかしクリスさんは社の転移魔法陣に迷い無く飛び込んだ。九条さんに呼び止められても飛び込んだ。

呆然と見ているわけにはいかなかった。その転移魔法陣の奥にはボスがいる。俺はすぐに近くに居た紙でできたモンスターを切り飛ばし消滅させる。そして近くの女生徒を攻撃していた、紙蝶《ちょうちょう》々を倒すと転移魔法陣に飛び込んだ。

「先へ行く、こっちは任せた！」

転移した先は辺りが石に囲まれ、それを補強するかのような木の枠がある炭鉱みたいなフロアであった。俺はそこを走りながら、くそっ、と悪態をついた。

大体はゲーム通りだったが、一人で飛び込むのは想定外だった。本来ならクリスさん、そして華《はな》さんと共にダンジョン攻略をするはずだった。

なぜこうなってしまったのかを考えると、本来は伊織《いおり》がスーパーシスター候補になるべきなのに、俺が候補になってしまったことだと思う。

ゲームではクリスさんは学園で人気者になった伊織を嵌《は》めるために行動を起こすはずだった。

仕方無い。伊織はかわいいし、戦闘力が強いし、優しいし、甘いの大好きだし、なんか小動物だし、守ってあげたいけど実は強くて守ってくれるし、そりゃあスーパーシスター候補になっても仕方が無いのだ。

しかし現実ではなぜか俺がスーパーシスター候補になっていた。乙姫《おとひめ》とかいうあだ名をつけられてるし、乙姫シスターズとかいうファンクラブまであるらしい。意味が分からない。

聡美《さとみ》さん達からその話を聞いて驚愕《きょうがく》したが、スーパーシスター候補に俺がなる意味を考えて、まあ良いかと放置したのがまずかったかもしれない。

『伊織が狙われる』から『俺が狙われる』に変わるだけだし、別に良いかと思っていたのだ。

しかしゲームには無いことをしたせいか、クリスさんもゲームに無い行動を取った。

「ちょっとやばいかもしれないな」

俺のつぶやきにななみが反応する。

『急ぎましょう、いっそのこと合体を解いては』

本来なら出現したモンスター達を倒し、めちゃ強い九条さん、そしてボスの弱点を突けるクリスさんと共にダンジョンへ行くのが普通である。クリスさんは選択肢で参加しない場合もあるが、まあそれはどうでも良いか。

九条さんという強者と共に攻略するのだから、比較的簡単なイベントだった。しかしクリスさん一人では攻略はほぼ無理だろう。

俺が一人で倒せるかと言えば多分倒せるだろうが、万全を期すなら。

「最悪、全生徒にバレるのを覚悟で合体を解こう」

ななみと合体を解くべきであろう。クリスさんを助ける方が先決だ。

と俺達はハイペースで進んで行くもクリスさんに追いつけない。ななみ曰《いわ》く、まだダンジョンにモンスターが出現しきってない状態で突入したのかもしれません。もしかしたらボスフロアまで到達している可能性もあります。

と一番考えたくない可能性を口にしたが、どうやらそれは当たったみたいだ。

しかし俺達は間に合った。

「ななみ、クリスさんを頼む」

ななみにクリスさんをお願いすると、俺はすぐにその紙でできた兵士『折紙《おりがみ》―武頭《ぶがしら》―』との距離を詰める。

俺に任せろ、ドン！　と、雰囲気に乗ってかっこいいことを言ってしまったが、正直結構キツい相手ではある。間違いなく桜さんよりは弱いが、いま戦闘に参加できるのは俺一人。ななみはしばらくクリスさんの回復に集中することになるだろう。

本来なら九条さん達＋俺の仲間の五人パーティで挑むところだ。そりゃつらいのも仕方ない。

でもだからって負けられないし、負けるつもりは無い。クリスさんをこんなにボロボロにさせて、その代償は取らせてやる。

「ほら、かかってこいよ。ビリッビリに引き裂いてやるから」

紙でできた兵士に怒りという感情があるのかは分からないが、武頭はいくつもの紙を浮かべる。そしてそれらは同時に、空中で勝手に折られていく。

その折られている物を見たクリスさんは俺に叫ぶ。

「気をつけて、その箱は爆発する……！」

俺はすぐにストールで壁を作ると、折り紙でいうところの『風船』から身を守るため足に力を入れた。

そして『風船』は限界以上まで膨らむと、その場所で爆発した。

「なかなかの威力だな」

爆風をストールで受け流しながら小さく息をつく。

とはいえ先ほどのくす玉爆弾や最近戦闘した聡美さんよりかは全然威力が無い。無いがこの風船爆弾の真骨頂は簡単に作れる時限爆弾として利用できることにある。

辺り一面にこの爆弾を巻き、踏んだキャラにダメージを与えるこの技は、ほかの技とのコンボで光る。しかし仕組みを知っているなら怖さは多少減る。

どうやら敵は風船爆弾が爆発してすぐに、別の物を折り始めているらしい。今度は折り紙でいう『手裏剣』を作っているようだ。小学生ぐらいの時に作った記憶があるが、まさかこれを攻撃に利用してくる敵がいるとは思わなかった。しかもまともに受ければ肉がえぐれてしまうぐらいの紙手裏剣だ。食らってはいけない。

俺は大き声で叫ぶ。

「ななみ、こいつは『折紙―武頭―』だ。遠距離ばかりだからそっちも気をつけろ！」

マジエクに出現する敵『折紙』は紙でできている姿が特徴のモンスターだ。またその『折紙』にはいくつか種類があり『武将』や『武頭』はてには『将軍』などがいる。

今戦っている『折紙―武頭―』は武家時代の弓組・鉄砲隊をまとめる頭領から名前を持ってきていることからも分かるが、遠距離攻撃がほぼすべてである。

できあがった手裏剣を武頭は飛ばしてくる。切れ味抜群のそれは、生半可な魔法なら切り裂いてしまうだろう。

それをストールで弾き、風船爆弾を避けながら前へ進む。俺がどんどん前進してくることに焦りを覚えたのか、浮かび上がる紙の量が少し増えていた。

そして急ピッチで折られた鶴が俺に向かって一直線に飛んでくる。それは多分武頭の攻撃で一番スピードの速い攻撃であろう。

確かにそれらはスピードは速いが、それだけだ。それを防いでさらに接近し刀を……。

「だめか」

と、接近をやめる。鶴はフェイントのようで本命は足下の風船爆弾のようだ。俺を鶴と後退する動きで誘導しようとしているのだ。

「まるで地雷原だな」

あまりにも爆弾が多い。足下にばら撒《ま》いた風船爆弾が邪魔になるように、折紙は位置を変えているのもまた嫌らしい。

いっそのこと進んでしまえば。

俺はわざと地雷原に足を踏み入れる。瞬間、風船達が共鳴するかのように同時に爆発を起こした。

爆風が来ることが分かっていたから、ストールでの防御に問題は無かった。しかしどうやら文句がある人が居るようだ。

「脳筋ではないのですから、もう少し別の対応を取ればよいではありませんか」

ななみはそう言って俺の少し先へ矢を飛ばす。そしてそれが着弾した場所で爆発が起こった。

遠距離で爆弾爆発させれば良いんじゃね？　と言いたいのだろう。一応俺だって陣刻魔石で起爆も考えたがやめたのだ。

ガードできそうだったし、力こそパワーで良いかな？　と思ったのだ。脳筋だった！

かなり軽率な動きだったたかもしれない。

「すまんすまん。それよりも、相手は本気になったみたいだな」

と俺は武頭を見てそう言う。

武頭の周りに浮かぶ紙の数が明らかに増えている。そして今度はいくつか折り終わった紙を溜《た》めているようで、いろんな攻撃を連続でするだろう。

今作っているのは紙を細くぐるぐるに巻いたレイピアの刃のような物だ。

それは一つ二つではない。無数の棒が武頭の周りに浮かんでいる。そして面倒なことにまた風船爆弾も作っているようだ。

「ご主人様、来ますっ！」

ななみの声と同時に俺に向かってそのレイピアは同時にではなく、マシンガンのように高速で連射された。

飛んでくる数本のレイピアを受け流し、その危険さに気がつく。

射出されているレイピアが地面に突き刺さるほど強いのもあるが、何より角度が一つ一つ微妙に違うことが危険だ。あえて角度を変えてきているのかもしれない。

それは少し角度をミスるとあさっての方向に飛んでいったり、ストールで守り切れていない範囲へ飛んでいく可能性があった。

とはいえレイピアだけならなんとかすべてを安全に防ぐことはできる。だけど武頭はすでに紙蝶々も風船爆弾も作り終えており、今にも射出されそうなのだ。そして武頭が今折っているのは大量の紙で作る……。

「くす玉爆弾だけは、なんとしてでも防がないと」

少し無理してでも、この場を離れた方が得策だと判断した。

第三の手で地面を蹴り、第四の手でいくつかのレイピアを防ぐ。するとレイピア達も角度を変え、いくつも俺に向かって射出される。

そして今度は風船爆弾がまかれ、そして蝶々も放たれた。

「俺はシューティングゲームの的じゃないんだぞ」

連射可能な銃のような物あり、爆弾あり。俺はシューティングゲームの主人公機と戦っている気分だ。

そして第三第四の腕、また足をフル活用して次どうするかを考える。

相手の魔力は尽きるだろうか？　いやさすがにゲームでも苦戦なんてしないから魔力量なんて分からないし、相手はいつも同じ顔をしているから顔色で判断もできない。

「進むしかないな」

俺は危険を承知で進むことにした。相手の弾薬はぱっと見つきそうに無い。これを続けられたら、先に俺が倒れる。

鞘《さや》に力を込め、いつでも抜刀できるように準備する。そして俺は道具袋から陣刻魔石を取り出すと、風船爆弾に向けて放った。

近距離に爆弾がいくつも設置されていたから、爆発の連鎖が発生する。俺はその爆発の中を、ストールを盾にしつつ突撃する。

レイピアの雨は多少弱まったように感じた。それは爆発が多すぎて、辺りに砂埃《すなぼこり》が舞っているからだろう。俺の姿を見失ってしまったのだ。

しかし攻撃の手応えでもあるのか、砂埃が晴れつつあるからか、だんだんと狙う精度は高まっていく。だけどもう距離は十メートルを切った。

そこでついにくす玉爆弾が放たれた。近距離だから、回避はできない。しかしくす玉の威力はまともに食らうと一撃ノックアウトすらあり得る。ストールでガードできるかもしれないが、俺は吹き飛ばされ距離を取られるだろう。

ならば切るしか無い。

鞘に溜めていた力を解放する。視認することがほぼ不可能な速さでその刃は、くす玉を真っ二つに切り裂いた。

それだけでは無い。俺は抜刀をするに当たって、あえて踏ん張ることをしなかった。鞘に魔力を溜め爆発させることで威力と速さを上げている抜刀で、踏ん張らないとどうなるか。

　大きな反動が腕に来るが、俺はそれに身を任せる。そして大きく一回転しながらその反動の力をそのまま利用し、第三の手で武頭にたたき付ける。

　バチィン、とまるで水面をたたき付けるような音が辺りに広がる。手応えは、無い。

　俺はすぐに武頭から距離を取る。

「おいおい。一回無敵とか、マジでシューティングゲームだな」

　俺は小さくぼやく。武頭の前には何枚もの紙が重なったような盾らしき物が浮かんでいた。武頭はすぐさままた同じような盾を作り出すと、それを自身の周りに浮かべていた。

　ふとゲームでの武頭を思い出す。火属性以外に異様な回避率を誇っていたのは、この盾のせいだったのかもしれない。ペラペラだから攻撃を避けやすいのかと思っていたが、まさか盾を作っていただなんて。

　それにしても。

「グラ○ィウスだってパワーアップアイテムをいくつか溜めないとバリアは作れないんだぜ？　ずるいだろ」

　とぼやく。こんなんチートじゃんと言いたいところではあるが、弱点はある。一つは超高火力である俺の抜刀を当てることだ。その盾ごと相手を引き裂くことができるであろう。

　しかしくす玉爆弾を対処するのはできれば抜刀が良い。でなければ爆風で俺は飛ばされるし、もし踏ん張れても相手に距離を取られる。

もう一つの弱点は火の魔法だ。紙はよく燃えるから、アイツもよく燃えるのだろう。だからその盾を燃やせば良い。火の陣刻魔石だとちょっと心許《こころもと》ないが、俺には。

「お待たせしましたご主人様」

「……待ってたぜ」

頼れる仲間が居る。

「ななみ、参上です。なかなか面白い攻撃をする相手ですが、それで私達『ななこ』に挑もうとは片腹痛い」

とななみは矢をつがえる。すでに武頭の周りにはいくつもの折られた武器が宙に浮かんでいる。

「そうだな。俺達ななこの敵になってしまったこと、後悔させてやる」

俺はそう言って地面を蹴った。

そんな俺を打ち飛ばそうと、武頭はレイピアと手裏剣を放つ。どうやらななみにも牽制《けんせい》として手裏剣を投げているようだが。

「俺に手数をさかなくて良いのか？」

こちらに対する攻撃が少し弱まっている。距離を詰めるチャンスだった。

今回は風船爆弾を減らして、手裏剣を多くしたのだろうか。風船爆弾をいくつか仕掛けてくるも、先ほどの数とは段違いだ。ああ、連鎖爆発で消えてしまうから、最低限にしたのかもしれない。しかし一番威力のあるくす玉爆弾は作ってあるようで、武頭の周りに浮いていた。

「ご主人様、道は私が切り開きます」

ななみがそう言うと、近くにあった風船爆弾にななみの放った矢が直撃する。そしてそれはその場で爆発していった。

そうなると俺が注意しなければならないのは飛び道具、くす玉爆弾だけである。

「これで終わらせる」

攻撃が弱まったところで俺は一気に距離を詰めると、ついに武頭はくす玉爆弾を使用した。俺に向かって飛ばしたそれは、ななみの放ったいくつもの矢に搦め捕られ爆発する。

アローレインだ。

まるで雨のように矢を魔法で大量に降らせる技である。それはくす玉爆弾だけでは無く、その他の飛び道具もいくつか打ち落としていた。

俺はその矢の雨を避け、さらに前へ進む。そして後数歩で刀を抜こうとした時だった。

くす玉爆弾の部品が武頭の体から出てきたのは同時だった。どうやら途中まで折った物を自分の体に隠し持っていたのだ。風船爆弾の数が少ない理由は、これだったのかもしれない。

すぐさまそれは組み合わされ、くす玉爆弾へと変わる。

仕方ないと俺が後退しようとすると、後ろから叫ぶ声が聞こえた。

「ななこっ！」

それはクリスさんだった。俺の横を燃えさかる槍《やり》が勢いよく飛んでいく。そしてそれは浮かんでいたくす玉爆弾に直撃し、それは爆発した。

「クリスさん、最高だよ」

とっさのことで防御ができなかったのだろう。体が少し燃えている武頭と距離を詰める。

当然ではあるが武頭は俺に向かって盾を向ける。燃え始めた盾を。

しかし俺には見えていた。どこに剣を振れば良いかの線が。

俺はそこに向かって、いつも通り刀を抜けば良いだけだった。

九章 ステルスダンジョン

武頭が魔素に変わっていくのを横目に、俺はクリスさんのところへ近づく。

まだ体力が完全に回復しきっていないのだろうか。彼女は少し疲れた様子で俺を見ていた。

「ありがとう」

「いえ、遅くなってすみません」

「そんなことは無いわ。私が突っ走ったのだから助けは来ないものだと思ってたし。もう、誰からも必要とされていないでしょうし」

どうやら武頭との戦闘ではなくて、ダンジョンの封印を解除してモンスターを発生させてしまったことにダメージがあるようだ。

「そんなこと無いですよ」

「そうかしら………それよりもあなたはななこで良いのよね？　……こちらの方がななこ？」

となនみの方を見て言う。

「私めはななみと申します。ご主人様と私が天使合体を行うことによって生み出された光のメイド、それが瀧音《たきおと》ななこでございます」

「混乱させるようなことを言うな……の瀧音幸助《こうすけ》です。天使の秘術でななみと合体し女体化していました。瀧音ななこは俺とななみの二人でです」

あれ、ななみと言ってることは大体同じなような？　まあ良いか。

「なるほど、ね」

納得して貰《もら》ったところで、俺は簡単に事情を説明した。

俺達がここに来た理由。華《はな》さんと学園長が男だと知ってること。ヴェストリスさんが邪神教と手を組んでいたこと。クリスさんが嵌《は》められたこと。そして今ここに至ったこと。

「……それで皆で折紙──武頭──を倒しましたが、完全には終わっていません。だから行きましょう」

と俺が言うと彼女は首をかしげる。

「何が終わっていないの？」

「先ほど邪神教がすごく貴重なアイテムを使って、ここの封印を解いたと俺は言いましたね？」

「ええ。言ったわ」

「なぜ封印を解いたか、その理由は多分この先にあります」

武頭が倒れた場所からさらに奥にあった転移魔法陣を見つめる。

転移魔法陣の先には、また同じようなフロアが広がっていた。俺達が道なりに進んでいくと、奥に開けたフロアが出現する。

「あれは岩と……祭壇？」

クリスさんはそれを見てつぶやく。

それは人間よりも大きい、直径5メートルぐらいの岩だった。その岩にはしめ縄が施され、さらに御札《おふだ》のような物が何枚か貼られている。

その岩の前には木で作られた祭壇のような物があり、そこには榊《さかき》が入れられた壺《つぼ》が二つ。

そしてその間に神事で使われる供え台、その上には淡く緑色に光る勾玉《まがたま》があった。

あれが『八尺瓊勾玉《さかにのまがたま》』か。やっぱ実物は迫力が違うな。

俺達がその祭壇へ歩いていると、後ろから声が聞こえる。

「止まりなさい」

そこにいたのは一人の学生服を着た女性だった。顔が半分隠れるくらいの大きなフードのついたローブを着て、手には黒い石のような物を持っていた。

「……どちら様かしら。どうしてここに？」

彼女はクリスさんの言葉を無視し祭壇に近づいていく。

「ご主人様」

ななみの言葉にＯＫをだす。するとななみは歩き続ける彼女、その足下へ矢を放った。

「それ以上近づくなら、次はあなたの足に刺さります」

しかし彼女は歩みを止めない。それどころか。

「っ！」

彼女の横に黒い炎のような物が浮かび上がり、そしてななみに向かって飛んだ。

俺はななみの前に立つと、その炎からガードする。ああ、この魔法かと納得する。ここに現れる子が使う魔法で、かなり汎用性があるものだ。

その炎は不思議なことに熱さを感じない。むしろ逆に冷たさを感じる。とはいえまともに受けるとやけど状態になってしまう、闇属性の特殊な魔法である。

彼女の行動を見て、ななみ、そしてクリスさんは俺の後ろからそれぞれ攻撃をする。ななみは矢で、クリスさんはファイアランスで。

しかしそれは彼女の前に現れた闇のカーテンのような物で防がれた。彼女は右手に持った黒い石のような物をこちらに見せる。

そして彼女はスマホぐらいの大きさの何かを取り出すと、それを起動させる。魔法陣が浮かび、その上にホログラムのような物が浮かび上がった。

そして浮かび上がったホログラムのような物を見て、クリスさんは叫ぶ。

「ヴェストリス⁉」

それにはヴェストリスさんが映し出されていた。彼女は地面に倒れており、すごく苦しそうだった。そしてヴェストリスさんの前には黒い石が見える。それは俺達の目の前にいるローブの女性が持つ物と酷似している。

「彼女を人質に取っている、そう言いたいんだな」

俺がそう言うと、彼女はホログラムを消し祭壇の前へ。

「ご主人様、どうされますか」

ななみが小声で俺に尋ねる。

「手を出さなくて良い」

俺はそう答えた。

「しかし邪神教関連ならリュディ様にも影響が出るのでは？　それにここに封印されていた物に関しても……」

「大丈夫、心配するな。すべて加味して手を出さなくて良いという判断だ」

彼女の心配は分かる。だけどここは何もしなくて良い。

「どうすれば良いの……」

クリスさんはつぶやく。しかし彼女も動くことはできない。ヴェストリスさんを人質に取られているから。

ローブの女性が勾玉を取った時、ふと思いつく。

この後脱出用のアイテムを使用しいなくなるのだが、その前に一つ言っておきたいことがあったんだと。

「おい。お前がアイツを殺したところで、何も変わらないぞ」

彼女は俺の方を向いたが表情は分からなかった。ローブのフードのせいで見ることができない。彼女はしばらく俺を見た後にアイテムを使用し、ダンジョンから抜けていった。

それを見てクリスさんは「待ちなさい」と彼女が消えた祭壇の前へ走っていく。しかしななみは行動しなかった。代わりに俺にしか聞こえないように小声で言った。

「ご主人様、新たな奥様にしてはずいぶん反抗的な態度でしたが、くっころ趣味でも？」

くっころ趣味って何だよ。

「どれについて突っ込みを入れれば良いか分かんねえんだけど」

「では一番重要なくっころについて」

「そんな趣味は無いよ。てかなんで新たな奥様なんだ？」

そもそもほかの奥様誰だよ！　しかもなんでアイツが反抗的って決めつけるんだよ、確かに反抗的だけど『くっ、殺せ』は言わないぞ。むしろ花邑《はなむら》家にいるエルフのお姫様つきメイドの方が……いやそれは言わないでおこう。

「どうせご主人様のことですし、何か知っているんだろうなと。それであの女性はどういう方でしょう」

まあくっころは冗談だとして、ななみは気がついてるようだ。いつも俺の行動を見ているから、また何か知ってるんだろうなと。

「ななみの想像通り、邪神教の人間だよ」

「それは予想しておりました。また救うんだろうとも。私もそうでした、桜《さくら》様もそうですしリュディ様達だってそうでしょう」

「救う、か……」

マジエクには一周目でハッピーエンドにするのが非常に難しいヒロインが何名かいる。すでに出会っているのは桜さんと聖女だろう。

桜さんも難しいが、聖女はさらに上だ。それは聖女の属する国と彼女の立場が大きく関係している。

そして先ほどの彼女もまた聖女と同じくらい難しい。それは彼女の属する邪神教のせいでもある。だがそれがなんだろうか。

必ず救う。そのために俺は力を付けているんだから。

「それで、あの勾玉は何だったのでしょうか」

俺が考え事をしているとななみが尋ねてくる。だから俺は何も考えず簡潔に答えた。

「あー。あれは邪神を復活させるために必要なアイテムの一つで、八尺瓊勾玉だ」

ななみは口を半開きにして俺を見た。こんなななみの顔を見るのはいつぶりだろうか。

あれ、俺なんかやっちゃいました？

「なんでそんなやばい物見逃したんですか、なんでそんなこと知ってるんですか！」なんて言うななみに「確かに」としか言えない。無意識って怖いなと再認識する。まあアレは人間の命でも代用できるアイテムだから、最悪のこと考えたら盗まれてた方が良い。保険として機能するし、だから盗ませたのもある。一番は彼女の身を案じてだが。

まあ盗まれてしまったのは仕方ない、なんとかなるし俺は何でも知ってると無理矢理《むりやり》ななみを納得させる。まあ俺だったら納得しない。

ななみも納得していないだろう。でもななみは俺を信頼してか、それ以上は突っ込まなかった。ま、ご主人様ですしねと意味深な言葉を残している。

クリスさんに追いつき俺達が祭壇を調べていると、リュディ達がフロアに入ってくる。どうやら現れていた敵を蹴散らしてここまでたどり着いたようだ。

「ななこさん……あっ！」

伊織《いおり》は俺を見て察した声を上げた。そして少しばつが悪そうにクリスさんの前に行くと彼は謝罪した。

すぐに華さんとリュディも行って、黙っていたことを謝罪する。しかし彼女は怒ることは無かった。助けに来てくれたことを感謝し、勝手に飛び出したことを謝罪した。できた人間である。

その後黒いローブの女性が勾玉を持って行った話をする。彼女が邪神教と俺は一言も話さなかったが、リュディ達は彼女の持っていた黒い石のような物や風貌、そしてなぜここにいたかを考えて邪神教である可能性が高いと結論づけていた。

「しかしあの勾玉が何をするための物なのか……分からない」

クリスさんはつぶやく。

「後で調べてみましょう………それにしてもほんとに無事で良かったわ。モンスターが急に出現しなくなった時はどうしたのかと思ったのだけれど」

華さんがそう言ってクリスさんを抱きしめる。

「九条お姉様、皆が見ています」

心がキュンキュンする時間はほんの少しだった。彼女達が離れるのを見てリュディは何かを思い出したのか、俺に向かって話す。

「そういえば大浴場の件は謝ったの？」

するとクリスさんは大浴場？ と首をかしげる。そしてあっと声を上げると、まるで熱湯に投入したタコのように、一瞬で真っ赤になった。

「あっあっ………」

「リュ、リュディ」

リュディは声を出した俺と動揺した彼女を見て『あ、やぶ蛇だったかも』と思ったのだろう、笑顔でゆっくり気配を消していった。おい。

それにしてもクリスさんもクリスさんだ。何にも言われないなと思っていたけれど、忘れてたのか。これ以上真っ赤になれないだろうというぐらい顔を赤くすると、自分の体を抱きしめ後ろへ下がる。

「あっ足」

彼女は思い出したのだ。しめった太ももの間にある情熱のショーツを丸出しにして、一番のコンプレックスをさらけ出し、俺を這《は》いつくばらせ匂いを嗅がせたことを。

「っ、ぁぁっぁあ」

かわいそうなくらい狼狽《ろうばい》している。彼女はいつもの強気なクリスさんではない。純情乙女クリスさんだ。

彼女はあまりに動揺しすぎたのだろう。近くの祭壇に足を引っかけてしまった。

「あっ危ないっ！」

伊織が叫ぶ。

しかし彼女は手をついて転ぶのを回避した、ただその手をついたところがまずかった。

そこには御札《おふだ》が貼ってあったのだ。

ビリッ、と御札が破けるのを見て、全身に悪寒が走る。

あ、やばい。とてつもなくやばい。それはダンジョンの封印を解いてしまう。

「皆、脱出アイテムだ！」

と俺が言うものの、すぐに用意も使用もできるわけが無い。

その御札が破られたことで、周りが一変する。

まるで地震のような揺れが襲い岩がゆっくり後ろへ動き出す。そしてその下に浮かび上がる魔法陣を見て、俺は終わったと思った。

脱力し膝を地面に突き、口を半開きにしてその魔法陣を見るしか無かった。それを見たななみは察したのかもしれない。俺がこのダンジョンを知ってることを。

彼女はすぐに俺の前に立つと、表情を元に戻してくださいと言った。

いかん。ここに来るのは初めてなのに、ダンジョンについて詳しく知っているだなんて、ありえないのである。ななみはどう思ってるんだろうなぁ。

「すまん、なんとか被害を最小限に抑えるつもりだ。そのためにも俺のフォローを頼む」

そう言うとななみはお任せくださいと頷いた。

「一体何⁉」

皆が動揺している中、俺はななみのおかげで非常に落ち着いていたし、頭はしっかり動いていた。さあ、どうやってこのダンジョンを攻略しようか。

「大変だ、脱出アイテムが使用できなくなったよ！」

伊織は俺の言葉でアイテムを用意したのだろう。しかしもう賽《さい》は投げられたのだ。この先のダンジョンを攻略しない限り、アイテムは使用できない。

「帰り道も消えましたね」

華さんが後ろにあったはずの魔法陣の場所に行ってそう言った。ゲームと同じだ。退路は塞がれた。

「進むしか無いわね」

リュディが転移魔法陣を見てそうつぶやく。

「ごめんなさい」

クリスさんが顔の色を赤から青に変え、深々と頭を下げる。

「クリスさんが謝ることじゃない。本来なら俺が悪いんだから」

エッチな姿を見て足の匂いを嗅いだ俺のせいである。あれが新世界だ。

「そうよ、貴方が謝ることでは無い。私の責任なの」

「でも……」

華さんはクリスさんの頭を上げさせる。

「大丈夫ですよ。僕はちょっとドキドキしていますし」

「ドキドキ、ですか？」

「うん、だってこんな大それたしかけがあるダンジョンの秘密だよ？　ドキドキしませんか？」

ほえーっとクリスさんは少し救われたような顔をする。

すまん伊織。そのドキドキはまやかしだ。たしかにドキドキするんだけどすっごく嫌なドキドキだ。ドキドキで壊れそうになるのを覚悟してほしい。

俺達は封印されていた転移魔法陣の中へ入っていく。

そこに広がっていたのは近未来ＳＦのような世界だった。

壁はアルミやスチールのような金属に覆われており、地面もまた軽い金属の上を歩いているような感触だった。

俺は宙に浮いているホログラムのような物を見て、やっぱりこうなってしまうかと絶望した。そこには古代語といくつかのイラストが描かれていた。

そのイラストは中腰の人が物陰に隠れているものだった。また内股で歩く人のようなイラストも見受けられる。

またホログラムの近くには現代アートのような、ちょっと近未来的なデスクが置かれている。その横には明らかに場違い感ＭＡＸの段ボール箱も置かれている。

「ななみ、解読を頼む」

俺がそう言うとななみは古代語を読み始めた。

「ステルスダンジョンへようこそ、と書かれていますね……なるほど」

俺は近くにあった近未来的なデスクの上にある、取説のような物に触れる。設定マークみたいなのを押すと、言語らしき物が表示される。どうやら俺達が読めるようにできるみたいだ。すぐに設定を変更すると、ダンジョンの概要を確認した。

うん。俺の知っているステルスダンジョンだ。どうかしてるステルスダンジョンだ。新たな性癖を生み出したとされるステルスダンジョンだ。

「幸助、もしかしてアレなの？」

俺やななみの反応を見てリュディは察する。俺は目を伏せることしかできなかった。

「………そっか」

リュディが天を仰ぐ。この俺達の異様な雰囲気を察したのか、伊織と華さん、クリスさんは動揺していた。

「どういうダンジョンなのでしょう？」

華さんが恐る恐る俺に尋ねる。

「ステルスダンジョン、敵に見つからないようにダンジョンを攻略しなければならない」

もし皆が分かるならメ○ルギアっぽいやつと言いたい。ス○ークのような感じのやつである。この世界に無いよなぁ。

「それは普通のダンジョンでも同じ傾向だよね？」

伊織の言葉に頷《うなず》く。ダンジョン攻略において、敵に見つからないように行動する利点は大きい。場合によっては先手をとれるし。

「あとは敵を倒すことはできないみたいだな。ただ気絶させることはできるみたいだ」

「それは、すごく不利じゃないか！」

伊織がそう言いながら眉をひそめる。

「ただこちらも物理的にダメージを受けることは無いみたいだ」

「……ではどういうダメージがあるのでしょうか？」

華さんはその言葉に違和感を覚えたらしい。

「お金とかかしら？」

クリスさんはそう言って首をかしげる。まあお金よりも重いかもしれないな。

「あははは……もしかして精神的にってことかな？」

伊織が苦笑しながらそう言うのを見て思う。伊織は変なダンジョンにすでに挑んでしまったのかもしれない。

「そうだ。精神的なダメージがな。その、ちょっと恥ずかしいというか、前衛的というか、そんな服があってだな」

「また着るのね……」

そう言って何かを思い出すように空を見上げるリュディ。今彼女の脳内では昔がフラッシュバックしてるだろう。俺はバニーをまた見たい。

「そう、とある服を装備しないと先へ進めないみたいなんだ」

「ただ服を着れば良いだけではないの？」

クリスさん、違うんだよ。違うんだよなぁ。ただの服であったらどれだけ良かったか。

ななみはその言葉を聞いて段ボール箱を開ける。そしてごそごそと何かをすると一枚の服を取り出した。リュディは察して段ボールのそばへ行く。

ななみが手に取ったのはエナメル生地のピッチピチの黒ボディスーツである。

「なんだ、思ったほどでは無いわね」

リュディは真っ赤なボディスーツを手に取る。どうやら股間の部分はハイレグタイプとスカートタイプがあり、赤い方はスカートになっているようだ。

案外動きやすそうね、なんてつぶやくリュディに感慨ぶかい気分になる。多分リュディはあまりにエロダンジョンに行き過ぎて、常識がおかしくなってしまったのだろう。

「えっと、その、リュディヴィーヌ様はこのようなダンジョンを知ってらっしゃる？」

クリスさんが恐る恐るリュディに尋ねる。

「？　ええ。ダンジョンにはよくあることですから」

「えっ！？？！？！？！？！！？！？？！？？！」

こともなげに話すリュディに華さんとクリスさんが衝撃を受けている。普通にダンジョンライフをしているなら、そんな変なダンジョンへ行くことは無いだろう。

彼女達は未経験なのだ。でもリュディは結構な頻度でなんか変な服着せられたりショーツ捧《ささ》げたりしているもんな。

多分リュディは自分がやばいことを言ってしまったとは気がついていない。

あまりにもエロに遭遇しすぎて、普通と思ってしまっているのだ。普通は一度も出遭わないだろうし。

「でも本当にそれで終わりかしら？」

リュディはいぶかしんでいた。すごい、名探偵リュディと名付けよう。だてに数々の変態ダンジョンを攻略してきた彼女では無い。

そりゃぁ今までの経験からすれば、着せられるぐらいで終わるなんて思えないだろう。

その言葉に恐怖を覚えているのは二人である。当人達、華さんとクリスさんはどんどん顔が青くなっている。

「想像の通りだ。ダメージを受けるごとに服が透けていく仕組みになっている。ダメージを服が肩代わりする、そういうことだ」

ほんとスケスケ大好きだよな、このゲーム開発者は。どうせ頭もスケスケなんだろうなスケスケ助平め。すごくエッチで最高だったぞ、でもやられる側のこと考えろよこのハゲ！

「ご主人様、顔が大変なことになっております。落ち着いてください」

おっと表情にでてしまったか、あれ、どんな表情だったのだろうか。ななみは俺のそばに来て説明を読むと少し悲しそうな顔をする。

「ああ、どうやら説明を読む限りだと乙女エネルギーをもつ者でなければ装備できないようです。ご主人様はそのまま着れないと、残念でしたね」

「別に俺は着たい訳じゃ無いからな。期待しないでな」

すでにガクブルのお嬢様学園生徒達。これは俺と伊織がそれぞれ女体化していくしか無いだろうな。少し青い顔している伊織さん、あなたは連れて行きますからね。

「それよりも……ご主人様、これは本当でしょうか？」

ななみはとある部分を指さしてあきれた様子でそう言う。

「ああ、事実だ」

ゲームでの設定もそうだったし。

「ま、まだ何かあるの？」

クリスさんが尋ねる。ある。あるんだが、それが一番ヤバイやつなんだよな。

「普通のダンジョンのように罠《わな》があるんだ。その罠がな、何というかあれで、すごくあれなんだ。でもなんていうか人体的には自然なことなんだ」

「幸助君、どういうこと？　言ってることがへんだよ？」

「……言いにくいんだが」

言いにくい。言いにくすぎる。なにかオブラートに包む方法は無いだろうか。

「そうだな、例えばゲームをする時、お化け屋敷を作るとなったら緊張感を持たせるのは非常に重要なことだと、俺は思っている」

「？　うん、そうだね」

伊織は多少首をかしげながら、俺の話に同意してくれた。しかしリュディは目から光がどんどん抜けて虚《うつ》ろになっていく。嫌な予感が限界を突破したのだろうか。

「また人間は水を飲まなければ死んでしまう、そうだよな。だから俺達は水を飲むし、それが体の中を駆け巡っていく。水は大切だ。だからしかたないんだ。自然なことなんだよ、水を飲んだらそりゃ自然さ」

「幸助君、僕は話のつながりがよく見えないんだけど？」

「……幸助、言い訳はしなくて良いわ。はっきり言いなさい」

リュディは淡々と言う。ああ、もうだめだ。どうすれば良い。

「とりあえずヤバイんだ」

はてなマークを浮かべる華さん。くっ、言うしか無いのか。

なんでだろう、自分が悪いわけじゃ無いんだけど、同胞がしでかしたことで、それを自分も楽しんでしまったことで罪悪感が芽生えているのかもしれない。しかし聞いてほしい。彼らも悪気があったわけでは無いのだ。

もともと一つのフェチとしてそれは存在していた。それにエンタメ性を持たせ、あるいみ芸術として昇華した、それが今回のダンジョンだ。

つまりヤバイのである。

なんかどうでも良いことを言って、今話さなくても良いかな、と一瞬考えた時だった。

ななみが俺を見て諭したのは。

「ご主人様。言わない選択肢は無いでしょう、いずれバレることです。もし何かあったら、ご主人様は責任をとれるのでしょうか？」

とれない。

ああ分かった。ななみ、分かった。言うぞ。

「ステルスダンジョンでは罠を踏むと……ダメージをうける代わりに……」

俺は覚悟を決めて言う。

「強烈な尿意に襲われます！」

「え？」

空気が凍った。多分ここにいる俺とななみ以外の誰もが、その言葉の意味を咀嚼《そしゃく》できずに頭の中をぐるぐると疑問が渦巻いているだろう。

「ねぇ、幸助。もう一度言って、な、なにかの間違いよね？」

「間違いではありません、猛烈におしっこがしたくなります！　すみませんでした！」

そう言って俺は良心の呵責《かしゃく》に耐えきれず土下座した。

そして彼女達は一斉に理解した。

ステルスダンジョンにおいておしっこがしたくなるという超絶望的な状況を。

俺はリュディに服をつかまれ、顔を上げさせられる。

「嘘よ、嘘だと言ってっ！」

俺は顔を背ける。

「ああっ………」

「幸助君、嘘、だよね？」

まるで映画のワンシーンだ。ついさっきまで指揮を執っていた頼れるリーダーが殺されてしまったかのような悲愴《ひそう》感が漂っている。

いかん。どうにかしてこの空気を変えないと。そうだ！

「で、でもおしっこがしたくなるだけでダメージはないんだ。それに漏らしてしまっても見た目の変化があるのと生暖かさを感じるだけだし、隅っこでこっそりしても良いし」

「あんた馬鹿？　それが一番だめなのよ!?」

クリスさんが悲痛な声を上げる。おっしゃる通りです。

「この歳でお漏らしは、立ち直れないかもしれませんね」

華さんが真っ赤な顔でそんなことをつぶやく。

「ね、ねえ。ステルスダンジョンで尿意ってすごく、すごくすごくすごく危険なことだよね」

その通りだ伊織。皆気がついている。ゲームでは内股になり移動速度が下がるだけだ。

現実は想像を絶するレベルであろう。

集中力の低下、精神不安定、行動阻害まではゲームと同じ。野ションはプライドを破壊するし、漏らせばおしっこの匂いと、液体が地面をつたうことによる発見されやすさの上昇、ありとあらゆる不都合が俺達に襲いかかる。

それに野ションを敵に見つけられたり、見られたりしたら……想像したくないな。くそっなんて卑劣な設定なんだ。ふざけやがって、やる方の身にもなれアホ。

「む、無理よ、おしっこを我慢して隠れるだなんて」

クリスさんは叫ぶ。でも垂れ流すことは考えられない。それは皆のプライドと良心が許さない。しかしゲームではおしっこを漏らすことは推奨されていることだった。

ゲームではおしっこを漏らすもしくは野ションすることで、移動速度が普通に戻る。そして野ションペナルティはほぼ無い。むしろ聖水ＣＧがゲットできる。そしてダメージをうけスケスケ衣装になることと、お漏らししたからといって、高得点ボーナスである『黄金の招き猫』がもらえなくなるわけじゃ無い。アレは時間が早ければもらえるから。

だから攻略サイトでは［攻撃や罠など甘んじて受け入れ、スケスケ垂れ流し状態でゴールすることが強く推奨］されたのだ。てか俺がウィキにそう書いた。もはやシステムガン無視である。

ん、まてよ。『黄金の招き猫』？　あっ……そうだ！

ここでは高得点を取ると『黄金の招き猫』がもらえるじゃないか!!

そのアイテムの効果はドロップ率アップ。価値は計り知れないほどで、今まで入手したアイテムの中ならば女の子達の下着よりも一つ下、可能性の種並みに価値あるアイテムであろう。

激レアアイテム武器を入手しやすくできる。それまでに捨てたプライドを補って余り有るほど効果がすごいアイテムなのだ。賞状とかいう燃えるゴミじゃ無い、実用性がある招き猫だ！

これを入手できると分かれば、彼女達も必ず喜んでくれるはず……！

「き、聞いてくれ、朗報もあるんだ。ここでは高得点を取りダンジョンを抜けることによって、黄金の招き猫がもらえるんだっ！」

しかしそれは皆を笑顔にすることはできなかった。

「どこが朗報なのよ、招き猫なんて要らないわよ！」

　リュディはぶち切れる。しまった、伝え方が悪かった。そうだよ、黄金の招き猫って普通に聞いたら要らねぇよ。効果があるから価値がある物なのであって。ならすぐに説明すれば彼女達だって笑顔ですごく欲しいって……！

「で、でも黄金の招き猫は――」

「たしかに黄金だか招き猫だか知ったことでは無いわね、御小水と私達のプライドが問題よ！」

　クリスさんもちょっとキレてる。だめだ。

「すみませんでした!!」

　ブチギレリュディ達の視線に耐えられず土下座である。俺は気がついていなかった。ここはお通夜状態の場所じゃ無かった。嵐の前の静けさだったのだ。俺は嵐を呼び起こしてしまった。もう嵐が去るのを待つしか無いのだ。

「このダンジョンは『ホップ、ステップ、流星群』のような感じですね」

　皆が落ち着いた頃、ななみはそんなことを言った。

「なかなかうまいたとえね。破廉恥衣装《ホップ》、衣装透過《ステップ》までは流れで分かるんだけど、尿意は流星群並みの想定外だったわね。ぶっ飛びすぎよ」

ななみ、リュディ。普通の人は破廉恥衣装《エロコスチューム》と透過《スケスケ》すら理解できないぞ。だからもし例えるなら『破廉恥衣装《ビッグバン》、衣装透過《ジェネシス》、尿意《カタストロフィ》』じゃないかな。ホップ、ステップ、ジャンプの原形無くなるくらい全部ヤバイの。

ほら現に華さんとクリスさんの視線がヤバイ物を見る目になってる！

と俺が彼女達を見ていると伊織が俺の服を引っ張る。

「ねえ幸助君、ちょっと僕混乱していたから思考を整理したんだけど……合っているか聞いてくれる？」

「ああ、良いぞ」

俺がそう言うと彼は紙を渡してくる。

・ここはステルスダンジョン。ボディスーツを着ないとダンジョンに挑めない。
・基本は敵に見つからないように進む。
・攻撃することでモンスターを倒すことはできないが、気絶させることはできる。
・逆に自分達も肉体にダメージをうけないが、服がスケスケになる。
・また罠にかかってしまうととてもおしっこがしたくなる。

ああ、大体合ってるな。あと付け加えるとすれば。

・ダンジョンをクリアするとこの部屋に戻される。そして学園に帰還するための転移魔法陣が出現する。
・服は三着（赤、黒、白）しかないため、三人までしか同時に攻略できない。
であろう。それを書き加えると、伊織は全員が同じ認識になるようにそれを見せる。

「誰が行くかだが、とりあえず俺が行く。ななみ、頼むぞ」

「そうですね、ご主人様が漏らせば、私とリュディ様と花邑家メンバーは喜びますし、妥当な考えかと」

「何で喜んでるんだ」

かなりデリケートな話題なんだから、冗談はほどほどにしてくれ。

「ということで伊織、覚悟はできてるな？」

「うん、僕が行くべきだと思う」

俺達は男だ。伊織はなんかしっくりくるぐらい女の子だけど男だ。リュディ達よりダメージが少ないはず。問題はあと一人だ。本当は三人で協力した方が良いのだが、お姫様やお嬢様達を危険にさらすことは……。

「私が行きます」

そう言ったのはクリスさんだった。クリスさんは覚悟を決めたような瞳で俺を見ていた。

「いえ、ここは多少場慣れしている私が行くべきだわ」

リュディは華さんとクリスさんにそんな破廉恥なことさせたくない、すでに大きな被害を受けてしまった自分が行くと名乗り出た。

しかし華さんはそれをよしとしなかった。

「このアマテラス女学園のことは、学園生で解決します。アマテラス女学園生徒会長たる私が行くべきでしょう」

こんなクソみたいなダンジョンへ自らが行くと言っているのだ。

「お姉様、私も学園生です。この事件を引き起こしたのは私。私が行くべきです」

クリスさんも譲らない。

普段ならぶち切れて罵倒する結花《ゆいか》や、壊れたように笑うリュディや、恥ずかしそうな先輩や、ななみ上のメイドがいるのだが、珍しく全員が行きたいと申し出たな。

正直なところどうぞどうぞと譲りたいところではあるが、それをしたらすごい非難されそう。結局じゃんけんをして、勝ったクリスさんが行くことになった。

今度は作戦会議である。

「ご主人様、私良い物を持っております」

そう言ったのはななみだった。彼女はボタンのような物をいくつか取り出す。

「それは？」

「皆様に大好評だった、台詞《せりふ》が出るボタンです」

「大好評だっただろうか、そもそもそんな物あっただろうか」

「もしかして、クイズで使用したやつかしら」

俺の疑問はリュディが解決してくれた。確かにあったな。

となナみがボタンを押す。

『俺、この戦いが終わったら結婚するんだ』

『ここは俺に任せて先に行け！』

『来週、子供が生まれるんだ。最近ようやく名前が決まったんだよ』

なんで全部俺の声なんだよ。しかも。

「意味不明なの作りやがって……！　しかも全部死亡フラグじゃないか」

これが映画だったら身構えてるぞ。

ただしこのボタンはセンスあるし、五百円ぐらいまでならだしても良いです。ちょっとほしい。ガチャガチャにあれば流行《はや》りそう。

「もし持ち込めるのであれば、これを一分後に再生するように設定し、敵の気をそらしたところで進むのはどうでしょう」

ななみがそう言うと、リュディは気になったのかそれを受け取り再生ボタンを押す。

『俺、この戦いが終わったら結婚するんだ』

「ちょっと面白いわね、欲しいかもしれないわ」

「台詞はともかく、確かに気をそらすには良さそうだね。持って行ければ良いんだけど」

伊織は再生ボタンを押す。

『来週、子供が生まれるんだ。最近ようやく名前が決まったんだよ』

持って行ければ有用だけど、マジで死亡フラグになりそうな予感もする。まあ良いか。

その後少し相談して方向性が決まったところで、俺はななみと合体する。そしてそれぞれが隠れるようにして着替えを行った。

「よし準備できたな」

俺は自分自身のスタイルが良かったこともあって非常にエロかった。またおっぱいが突っかかって、スーツのチャックが全部上がらず、谷間見せ状態になっている。尻とかもちょっときつくてパツンパツンだ。

「こ、幸助君。どうかな？」

伊織は桜さんと合体して着替え終わったようだ。ちょっと幼さが残る感じだろうか。全体的にすらっとした体ではあるが、しっかり出るところは出てるし、なんだか背伸びして服を着た女の子みたいというか、なんだか守ってあげたいというか、こいつ男なんだぜというか、間違いがおきちゃう感じである。

「非常に似合うぞ」

まあ賛美歌を数曲作れそうなぐらいだが。

「似合ってるわ伊織君」

リュディや華さんも伊織を褒める。少ししてクリスさんもこちらにやってきた。

「ね、ねえ。あまりじろじろ見ないで」

クリスさんがそう言うと俺は視線を顔から外す。しかしその一瞬で俺のメモリーはしっかりクリスさんの姿を焼き付けた。ツンクール系お嬢様がそんな真っ赤なボディスーツ着たら興奮せざるを得ない。

てかすでにおしっこを我慢してるかのように足がもじもじしていたけど恥ずかしいだけだよね？　我慢してないよね？

「じゃあみんなが着替え終わったことだし、行こっか！」

伊織の言葉に俺はうなずく。さあ行こう、ステルスダンジョン。

転移魔法陣の先はどこかの倉庫のような場所だった。パイプ椅子とたためる机が置かれており、机の上には一つの段ボール箱が置かれていた。

「どうやら持ってこられたようだな」

ななみが用意してくれたのは、小さなポーチのようなアイテム袋である。魔法の力により、見た目以上の収納力を誇るそれには先ほどのボタンを含め、いくつか有用な物を入れてくれたらしい。

あと俺の制服のポケットに入っていた物もこっちに移してくれたらしいが、何か持ってたっけか。ツクヨミトラベラーとかスマホとかかな。

一応ストールも持ってこられたが、体を覆うように使うと一歩も動けなくなる。どうやらスケスケを隠すことは許されないみたいだ。また大きいし赤は目立つこともあって、基本は封印し何かあった時だけポーチから出そうと思っている。

「あれは段ボール箱？」

伊織がその中を確認すると、そこからはいくつかのアイテムが出てきた。一つはイヤホンのような物。これは無線通信機のようだ。これなら俺達三人が距離を取っても連絡を取り合うことができる。

次はスタンガンのような物。説明によると相手を気絶させられるが、乙女エネルギーを消費するらしい。あまり使いすぎると体がだるくなるし、ある一定以上乙女エネルギーを使うと電撃は出なくなるとか。

「使いすぎても倒れることは無い。代わりに電撃が出なくなるし、体がだるくなっちゃうのか。使いすぎに注意だね」

「もうどうしようもないと思った時に使うのが良さそうね」

ちなみに乙女エネルギーを消費しなくても、気絶させられるアイテムがあったりする。

しかしそれは使い捨てだったり、玉を見つけないと使えなかったり。まあこだわってあそぶ人むけの物だ。

単純に黄金の招き猫とエロＣＧをゲットしてクリアするなら、スケスケ聖水垂れ流し推奨である。現実では絶対にできない。母乳の時もそうだったが一線越えてる。うっ母乳……。

「幸助君、大丈夫？」

「大丈夫だ。古傷が開いただけだ……よし準備はできた。クリスさん行けるかな？」

「ええ、覚悟はできたわ」

何だろう、ゾンビの大群に突入するような悲壮感を放ちながら、彼女は俺を見る。かなりキてそうだ。

俺達は扉を開けると、通路を進んでいく。

進んだ先も同じように倉庫のような場所だった。いくつもの積み上げられた荷物。それを運ぶであろうリフト。

また辺りは少し薄暗いため、暗い色の服なら目立ちにくいかもしれない。クリスさんが着ている赤なんかはかなり危険だ。

俺達は気配を消しながら通路を進んでいく。フォーメーションは前俺、後ろ伊織、真ん中クリスさんだ。

少し進んでいくと俺は敵を発見する。すぐに伊織達に止まれと合図した。

［こちら幸助。敵を発見。鬼人が一人］

無線で二人に報告を行う。

そこに現れたのは鬼人だった。しかしその鬼人は普通の鬼人とは少し違った。本来なら刀や棍棒《こんぼう》を持つはずだが、彼が持つのは乗馬用の鞭《むち》だった。

「こちらクリス。鞭を確認。精神のダメージが大きそうね」

アレでたたかれた時を想像したのだろう、伊織とクリスさんは顔を青くしていた。

体へのダメージは無いが、服がスケスケになる＋鞭のコンボは卑怯《ひきょう》だろう。もし組み伏せられ尻をたたかれでもしたら、プライドは溶けて無くなる。

「こちら伊織。幸い気がついていないようだね、こっちに来るからタイミングを見て行こう」

俺達はこちらにふらふらと歩いてくる鬼人の後ろをタイミングを見て抜ける。そして気づかれずに抜けると俺達は喜んだ。

次のフロアは人が一人しか隠れられない程度の箱が多かったため、一列ではなく少し皆が距離を取って行動することになった。会話は無線があるし。

「こちら伊織、敵を発見したよ。鬼人一人」

「こちらクリス。私からも視認できた。だめね、出口を封鎖している」

「こちら幸助。こっちには大きい柱がある。音を立ててこちらにおびき寄せる。柱に隠れて鬼人を躱《かわ》す。のちほど合流しよう」

[こちらクリス。了解、気をつけて]
通信を終え、早速俺は近くにある荷物の載った台をコンコンとたたく。
俺は鬼人が近づいてくるのをまつ。そしてタイミングを見て柱に隠れた。そして柱をはさみ、鬼人とすれ違うと俺は進み伊織達と合流した。
鬼人を見る限り、どうやら気がついてないらしい。
『なかなかうまく進めていますね』
となすみが声をかけてくる。
『でもまだまだ先は長い。ここはゲームで言うとチュートリアルの途中ってとこだ』
まあゲームならチュートリアルの時点で半分くらい服透けてるしお漏らしもしちゃってるんだけどな。
あたりを警戒しながら先へ進む。そして扉の前にいる鬼を見つけた。
[こちら幸助。今度は二人。小鬼が二人だ]
[こちらクリス。隠れられる柱があるわ。音を立ててみる?]
[こちら伊織。お願いします]
と今度はクリスさんが音を立てる。するとどうだろうか、クリスさんの方へ向かうのは一人だけだった。もう一人は相変わらず扉の前で待機だ。
[こちら幸助。だめだ一人しか行かない]

少しして「まめ～？　気のせいだったまめ～」と小鬼が戻っていく。敵に変なキャラ付けはやめろ、突っ込みたくてうずうずする。

［こちらクリス。だめだったわ。今度はななみさんから貰《もら》った死亡フラグボタンを使ってみるわ］

［こちら伊織。了解だよ、気をつけてくださいね］

と今度はクリスさんはボタンを設置すると柱の陰に隠れる。数秒後そのボタンから『ここは俺に任せて先に行け！』と声が出る。

「くせ者だまめっ！」

今度は二人で持ち場を離れる。なかなか有用なアイテムだ。

それから通路を歩いているとななみから忠告が入る。俺も指輪のおかげでそれに気がついた。

『ご主人様、罠《わな》です』

『ああ、俺も気がついた』

俺は二人を呼ぶとその罠を作動させる。

それはスライムのような緑色のゼリー状の何かが出る物だった。これを浴びるとおしっこがしたくなるから注意しなければならない。

「絶対に引っかかりたくないわね……」

クリスさんはその緑色のゼリーを見てそう言った。ふと俺は思ったことがあり、自分の指輪を外しクリスさんに渡す。

「これ、使ってください。自分にはもう必要ないので」

「これは？」

クリスさんはその指輪を見て首をかしげる。

「これは初級の罠を見破るアイテムです。もう使わないので気に入ったらそのまま自分の物にして良いですよ」

「え。そんな高価な物いただけないわ」

「幸助君のことだから本当に不要なんだと思うよ、ななみさんもいるだろうし。貰って良いんじゃないかな？」

俺は伊織の言葉に頷《うなず》く。

「それにクリスさんには色々とお世話になったし、その、ちょっと色々な物を見てしまったし」

と言うと色々思い出したのか、彼女は顔を赤くする。そして指輪を受け取った。

俺達が進むのを再開してすぐ、また通路を塞ぐ小鬼を発見した。しかも今度は音を立てても持ち場を離れることが無い。

そのため伊織がスタンガンを使うことになった。

「こちら伊織、行くよ」

伊織は荷物の陰から一気に飛び出し小鬼にスタンガンを当てる。

小鬼は小さくあえぎ声のようなものをだしてその場に倒れこんだ。

「こちら伊織。成功だよ」

俺達は伊織の言葉で小鬼の前に集まる。そして何か良いアイテムを持っていないか探す。

「今のところ順調ね」

クリスさんの言葉に同意する。

「ああ、この調子でいこう、うん、何も持ってないな。強いて言うなら鞭ぐらいかな？」

俺は荷物を探るもこれと言って良い物は持ってなさそうだ。

「鞭ね、使えるかしら」

うーんクリスさんに鞭はいろんな意味で使えるな。あぶない、興奮してしまうところだった。

「邪魔にならないなら持って行こうかしら」

と鞭をポーチに入れる。そういえばクリスさん基本的には杖《つえ》だけど鞭も扱えたよな。

「ねえ二人とも、宝箱があるよ！」

そう叫んだのは伊織だった。彼は嬉しそうに俺達に見つけた宝箱を見せる。

黄金の装飾がされた宝箱だ。見たところ罠はなさそうだしクリスさんにも確認して貰ったが、やはり罠は無い。

　俺の記憶が正しければここにあるのは有用なアイテムだ。しかし、それを使うなんてとんでもない、と言われるアイテムでもある。正直開けずに見なかったことにして進みたい。でもあった方が良いのは確実である。

　俺は仕方なく宝箱を開けることにした。そして開けた瞬間すぐにそれをとじた。やっぱりアレだった。

「どうしたの？」

　伊織が不思議そうに俺の顔をのぞき込む。

「いやその」

「何が入っていたのよ？」

　とクリスさんは俺の横に来るとがばっと開けてしまった。そして中に入っている物を見て死んだ魚のような目になった。

　そこにあったのは一枚のショーツである。純白のショーツである。

　辺りに沈黙が訪れる。

　本来ならば何も見なかったことにしてこの場を去れば良い。しかしそれをするには惜しいアイテムなのだ。なぜならこれは純白のショーツ。鬼達がほしがる純白のショーツだ。これを鬼達に投げつけることによって、鬼達が群がるのだ。誰がそのショーツを手に入れるかと争いが始まるほどに。

つまり今後進む上で非常に有用なアイテムなのである。

だから俺は欲しい。しかしこのクリスさんの視線を耐えられるだろうか。いやどんな視線を向けられたとしても、彼女を守ることを優先せねばならない。なら入手するしか無い。

「こ、ここれはその、使えそうなアイテムだな。鬼達の意識を引くのに有用そうだし、も、持って行こう」

だめだ、引きつった。引きつったせいですっごくうさんくさく聞こえる。ド変態が何か言ってるようにしか聞こえないよね。どうすんだよ！　いやもうどうしようもないよ！

背筋がゾクゾクする視線を頂き、俺達は先へと進んでいく。

その後は多少ダメージを食らいながらもなんとか先へと進んでいく。

時にスタンガンを、時に死亡フラグボタンを駆使し、たまに強引に戦闘を行ってだ。また純白ショーツも大活躍だった。すごかった。ショーツに群がる鬼達もそうだけど、それを見るクリスさんの殲滅《せんめつ》の視線。俺は一生忘れないだろう。

「ついにここまで来たか」

俺はつぶやく。ここはゴールが近いフロアではあるのだが、出てくるモンスターが多くトラップも多い最大の難所である。

とりあえず万全を期して進もうということで、いったん全員でばらけて辺りを探索することになった。

もう乙女エネルギーも少ないし、ななみの死亡フラグボタンは後一個。慎重にならざるを得ない。

すると急に無線が入る。

「こちらクリス。遠距離から攻撃されている、んぁっ」

遠距離と聞いて俺は思い出す。そういえば遠距離攻撃をするパチンコをもった鬼がいたことを。いつもスケスケ垂れ流しだから、そんな敵がいたことすら覚えていなかった。

「こちら伊織、クリスさんを攻撃する小鬼発見、少し強引だけど突破する」

その言葉を聞いた時である。辺りに警報音が鳴り響き、侵入者発見とアナウンスが入ったのは。

まずい。と思ったのもつかの間で、俺もどうやら遠距離のやつに発見されてしまったらしい。服が透けている。まだ大切なところは大丈夫だが、かなり危険な状態だ。

俺はすぐに彼女達の元へ駆けつけそして急いで一つ前のフロア、その安全地帯らしき場所に行った。

なんとか逃げられたものの被害は大きかった。

伊織も戦っている最中にダメージをうけたのだろう。かなりの部分がスケスケになっており、死ぬ気で目をこらせば乳首までも見えてしまいそうなほどだった。もっとヤバイのは彼女、クリスさんである。

「んっ……はぁ…………っっ」

エナメルのミニスカートから伸びる、白くてすらりとした頬ずりペロペロしたくなる足を内股にしていたのだ。それも小刻みに震えている。顔も少し赤いし、汗が額に浮かんでいる。なにより緑のゼリー状の物が少しだけ体についていた。

くそっ、と心の中で悪態をつきながらそれをはらう。

しかも服も限界に近く、後一度大きい攻撃を食らったら全身がスケスケになるだろう。いや、それだけではない、このダンジョンで体にダメージをうけることは無いと言っても衝撃は多少感じる。つまり一瞬緩んでしまう可能性があるのだ！

一度崩壊したダムはすべてを流し続けるだろう。

「危険だな」

クリスさんの状態を考えると、俺達は急がなければならない。しかしここは非常に難しいフロアで、スケスケ垂れ流しでなければとても時間がかかるのだ。

「どうすれば良いんだ」

俺のつぶやきにクリスさんは肩に手を乗せる。

彼女は顔を真っ赤にして物陰を指さした。そしてうつむきながらしゃべる。

「幸助君ありがとう、でも私は大丈夫。あなたや伊織君がここまでしてくれたこと、本当に嬉しかったわ」

彼女は覚悟したのだ。野ションを。自らの持つプライドを捨て野ションを覚悟したのだ。俺達を思って、自分が足を引っ張るのが嫌で、野ションを覚悟したのだ。

「クリスさん、何言ってるんですか！　何か、何か良い方法はっ……」

と考えてふと思い出す。

そういえば……このフロアには近道らしき物があったような？　いやあったはずだ。普段は気にせず正面突破だから忘れていたが、どこかに近道があったはずだ。

「別のルートを探そう、あそこは敵が多すぎる。ダンジョンならばどうにか攻略できるルートを残すはずだ」

と俺が言うと伊織があっ、と声を上げる。

「そういえばそれっぽいところを見つけたよ！」

俺達がそこへ行くと確かに怪しい場所があった。それは関係者以外立ち入り禁止と書かれた扉だった。その横には小さな祭壇のような物があり、そこには魔法陣が描かれていた。

「くそ、開かない」

俺はガチャガチャとノブを動かす。しかし開く様子は無い。だが少しして扉から声が聞こえた。

「ここを通りたくば鍵を用意しろ」

それを言われて思い出す。そういえばどっかのフロアのモンスターが鍵を持っていたはずだ。クソ。スケスケ垂れ流しだったら近道すら不要なので忘れていた。なぜ俺は真剣にここを攻略しなかったんだ！　垂れ流しを想像してウヘウヘとイってた自分をぶん殴りたい。

チラリとクリスさんを見る。彼女は依然苦しそうだ。だめだ、普通に行くのではやっぱり間に合わない。

「なんとか通してくれないか！」

少しの沈黙後その扉は言った。

「ならば媚薬《びやく》をその祭壇に捧《ささ》げよ」

媚薬？　媚薬って何だよ。

「そんな物持っているわけ無いでしょう！　大体何よっ媚薬って！　そんなの持っている人がいたら軽蔑するわ」

クリスさんはキレる。

そうだよ、媚薬なんてエロゲと怪しげな十八禁サイトでしか聞いたこと無いぞ！　絶対あなたのあそこが大きくなります、とか気がついたら十八センチ、とか書いてある怪しげなサイトに売ってるのでしか見たことねえぞ！

「僕も、そんなの持ってないよ……」

伊織は泣き出しそうだ。普通持ってる訳ねぇよ。

もし仮にそんな物が存在するとして持っているとしたらエッロサイエンティストぐらいなものだよ……あの人がいればもしかしたら……ん？　…………………あれ？

『ご主人様、ななみはポケットに入っていた物をすべてポーチに詰めております』

ななみが俺に語りかける。それはなぜか死刑宣告のようにも聞こえた。

完全に思い出した。あったわ。エッロサイエンティストが餞別《せんべつ》にくれたアレが。

「あっ」

我に返り俺はすぐに口を押さえる。クリスさんは俺の様子に気がつかず、媚薬をぼろくそに叩《たた》き始めた。

「大体何よ媚薬って。人をエッチにさせる物でしょう？　どうせそれを使うやつはそれを使わないと女を落とせないんでしょう？　小物よね！　持っている人がいるなら心の底から軽蔑するわ。生理的に受け付けない！」

「ちょ、クリスさん」

俺は微妙な笑顔でクリスさんを止めようとする。しかし彼女は止まらない。おしっこを我慢する代わりに、口からとびだしているかのようだ。まるでマシンガンのように罵倒の言葉が撃ち出される。

「もし持っているとしたら人間のくずよ。もはやゴブリン並みだわ、人間界では無くて自分の仲間のいるゴブリン界へ行けば良いのに。そんな人間の近くにもいたくない。どうせ肌は汚くて体臭も強いのでしょうね、ああ媚薬なんて持ってる人は世界から消えてしまえば良いのに」

そう言って彼女はうつむく。もう無理だ漏らすしか無いと思っているのだろう。

俺は自分の身がかわいい。だからここで媚薬なんて持っていない。そう言うことができる。しかしこんなクリスさんを見て、俺は……。

「だすしか、ないよな」

俺は荷物から媚薬を取り出す。そしてそれを魔法陣の上にのせた。

重い視線を浴びているのが分かる。でももう止められない。

それがすぐに祭壇から消えると、カチャリと音がする。それは鍵が開いた音だ。俺はゆっくりと後ろを、クリスさんを見る。

彼女の顔からは感情を感じられなかった。

難関フロアを越え、残すは最後のフロアである。

最後のフロアとあって、ここもまた攻略が難しいフロアである。

「警備が多すぎるわ」

クリスさんは絶望的な声を上げる。

「でもう下調べしている時間は無いよね」

伊織は真剣な目でそう言った。クリスさんは限界が近い。安全に行くなら下調べが重要だが、そんなことをしていると漏らしてしまうだろう。

「少し強引に行くか」

「…………ごめんなさい、私のせいで」

「クリスさんが謝ることじゃないよ」

「そうだ、伊織の言うとおりだ。ダンジョンを作ったやつが悪いんだ」

俺は伊織の言葉に同意する。結局、強行突破を行うことになった。

今度の陣形は最初に行くのが伊織。そして間にクリスさん。しんがりを俺が務めることになった。

伊織は行くよ、と近くにいた鬼人にスタンガンを当てる。そしてすぐに隠れた。

倒れた鬼人に気がつき、幾人かが集まってくる。俺達はすぐにその隙を突いて先に進む。

しかし。

「あっ」

伊織は声を上げる。遠距離攻撃だ。

「全員散り散りになれ！」

俺は無線で二人に伝える。固まるよりばらけた方が良いだろう。

しかしクリスさんはおしっこを我慢しているせいで動きが少し遅い。彼女は狙われた。

「クリスさん、危ない」

伊織の声が聞こえる。クリスさんはなんとか避けるも、その先は。

「クソっ」

俺は走り出す。そしてクリスさんが踏みそうだった罠《わな》を俺が踏み、クリスさんを後ろに隠す。

どうやら伊織が遠距離鬼を倒してくれたようだ。しかし。

「こうす……」

俺はクリスさんの口を塞ぐ。ここで大きな声を出してはだめだ。

彼女は泣きそうだった。彼女は多分避けてから気がついたのだろう、罠があったことに。

それを俺がかばったから……。

「クリスさん、こんなつらいのよく我慢してましたね」

スライムのような物を払うも、猛烈な尿意が俺を襲う。

　これはやばい。こんな状態で辺りを気にすることができるだろうか。いや無理だ。これはギリギリまで罠に気がつかなくてもおかしくない。

「ごめんなさい」

「何言ってるんですか、仲間でしょう」

　俺の言葉に彼女は頷《うなず》く。

　さあ、俺も、彼女も時間が無い。

「こちら幸助。伊織行くぞ」

「こちら伊織。幸助君。さっき、その……」

「こちら幸助。なぁにこんなの致命傷《かすり傷》さ。さあ行こうぜ」

「こちら伊織。幸助君らしいや。了解。急ごう」

　伊織と俺達は別々に行くことになった。

　二手に分かれた方が何かあった時にフォローできるかもということでだ。まあ一番はおしっこしたくて合流する間も惜しいだけなのだが。

　数分ほど進んで俺達はそれを見つけた。

「あそこが出口かしら？」

「そうっぽいな。でも鬼人が多い」

　俺はここの攻略法は覚えていた。それはどこかにあるはず……あった。あの段ボールだ。

このステルスダンジョンはオマージュ作品であるためいくつかネタをそこから仕入れている。それがあれ、段ボールである。なぜかあれに入っていると見つからないのだ。敵の目の前で動けばさすがに見つかるが。

［こちら幸助。伊織、段ボールの中に入って待機していてくれ。俺がなんとかおびき寄せるから］

［こちら伊織。ええ、段ボール？　バレちゃうよ！］

［こちら幸助。大丈夫だ入れ。そしてお前はゆっくり出口の方へ行け。先へ進むんだ。そこがゴールだ。そこに個室のトイレが設置されている］

トイレという言葉に目を見開くクリスさん。

「クリスさんも段ボールに入っていてくれ。俺がおびき寄せる」

と俺は死亡フラグボタンを見せた。

二人が段ボールに隠れるのを見て俺は物陰に隠れてボタンを押す。そして敵が近づいてきたらそのボタンを投げて錯乱させ、その間に段ボールへ入り、こっそり突っ切るつもりだった。

しかし想定外だった。声がしたと思った瞬間、鬼人の一人が警報装置をならしたのだ。すぐによそから応援が来るだろうし、今の時点でも数人の鬼人がこちらに向かっているのが分かる。これはさすがに振り切れない。

［こちら幸助。すまん失敗した］

しかしおびき寄せることには成功している。どうにか段ボールに入れないかな、なんて思っていると、不意に段ボールから赤い物がふわりと飛んできた。

それはまるで羽のようだった。一瞬不死鳥フェニックスの羽かと錯覚した。それほど神々しい物だった。

しかしアレはフェニックスの羽ではない。

ショーツだ。赤いショーツだ。赤いショーツが飛んできたのだ。しかもその赤いショーツには見覚えがあった。

彼女の汗ばんだスカートの中がフラッシュバックする。匂い、温度、湿度、足の感触。それらが俺の頭の中に津波のように押し寄せてきた。

あれはクリスさんのショーツだ。おしっこを我慢していたから、汗をいっぱい吸った脱ぎたてのショーツだっ。

彼女はノーパンになってまで俺を助けようとしているのだ！

これならば俺はＨＥＮＴＡＩ鬼から逃げられる可能性がある。

でもまて、これはヤバイかもしれない。

俺を助けようとしたばかりに、彼女が入った段ボールが動いてしまったのだ。だから奥にいた一人の鬼人がショーツでは無く、クリスさんに向かって歩いている。

そしてその鬼人は段ボールのそばへ行くと、ゆっくりと手を伸ばし始めた。

ヤバイ、このままだと彼女は見つかる。このまま放置してしまって良いのだろうか。

ふと俺は今日の出来事を思い出す。

よくよく考えれば、今こうなっていることの大半はクリスさんのせいではないだろうか。

彼女が猪突猛進《ちょとつもうしん》にダンジョンを攻めなければ、こんなことにならなかったのだ。

御札《おふだ》の封印を解いたのもクリスさん。ダンジョンの外で待ってれば良いのに、来たのもクリスさん。だからこれは自業自得なのだ、彼女も分かっているだろう。

だから俺は、彼女を……。

「見捨てられるわけ、ないんだよなぁ」

人は誰だって失敗する。別に良いじゃ無いか少し間違えたくらい。それに失敗したらフォローしてあげれば良い。仲間だったら当然のことだ。そもそも俺はクリスさんを素敵な人だと思っているし、何かミスしたら支えてあげたいし。何より自分が危険になる上にシヨーツという最終防壁を使ってくれたんだぜ。

なら俺がプライドをかけないでどうする。

俺はストールを取り出すと、装備しつつ手に持っていたボタンを押した。

『ここは俺に任せて先に行け！』
ボタンから一番出て欲しい声が出る。なかなかかっこいい言葉じゃねぇか。俺はその言葉に不思議な力を貰いつつ、段ボールの近くにいた鬼人の横っ面を思い切りぶん殴った。
［行け、クリスさん、伊織。今すぐ走れ。走り続けろ。そして、ゴールへ行くんだ］
［でも幸助君……あなただってもう限界が近いじゃない］
クリスさんの悲痛な声が聞こえる。
［いいから走るんだ、なに、俺はこういうのには慣れてるんだ］
伊達に母乳をだしてねぇぜ。もう、最悪の覚悟はできてる。俺は赤いショーツに近づいていた鬼人の一人を思い切りぶん殴る。
このショーツは誰にも触れさせるわけにはいかねぇ。
残念なことに、鬼人は少し吹き飛んだものの、ダメージはゼロだ。
［こちら伊織。分かった幸助君、先に行ってるからね。何かあったら僕は怒るんだから］
そう言って伊織が動くのを見る。それを見てクリスさんは悩みつつも出口へ向かって走った。
伊織は扉の前にいた最後の一人、唯一こちらに来なかった鬼にスタンガンを当てる。そして俺は扉に駆けていく二人に最後の無線を送る。
［……止まるんじゃ、ねえぞ。交信終了］

俺はイヤホンを外すと床に落ちていた赤いショーツを丁寧に畳み荷物にしまう。うん、耳も床もすっきりしたぜ。膀胱《ぼうこう》は全然すっきりしてないけどな。

『やはりご主人様はご主人様ですね』

俺が戦いに備え魔力を高めているとななみが声をかけてくる。

『そうかな？』

『ええ、私はご主人様のメイドであることを誇りに思います』

『そうか。なんだかむずがゆいな………なあ、ななみ』

『どうされました？』

『俺、死ぬのかな。社会的に』

『ふふっ』

ななみは小さくわらった。そして答えを言うことは無く話を変える。

『そうだご主人様。知ってましたか？　クイズななみアカデミーに使用されたボタンにある、隠された仕様を』

『ああ、アレか、二五六分の一であえぎ声がでるんじゃないのか』

『それもそうですが、もう一つあります。実はボタンを連打すると……直前に押した声が途中で止まってもう一度初めから流れるのです。つまりあっあっとあえぎ声のように聞こえます。そしてその状態で二五六分の一を引き当てると。後は自らでお考えください』

なんだそれ、なんだそれ、なんだそれは。確かリュディは『行くわよ!』だったはずだよな、つまり……おいおい作りが神過ぎる。すげえな。そこまで考えて、アレは作られていたのか。

『そりゃ聞くまで死ねないな』

『幸運を祈ります、ご主人様。どうかご無事で帰還できるよう、祈っております』

『必ず、戻らないといけないな』

内股になっている足を一歩前に出す。そしてまた一歩と歩き出す。

前には数え切れないほどの鬼人達がいた。なぜだろう。もう何も怖くない。

俺は手に持っていたボタンを投げ捨てる。それは壁に当たって音を立てた。

『俺、この戦いが終わったら結婚するんだ』

それが戦闘開始の合図だった。

十章　スーパーシスター

　事件の解決が思ったより早かったのは、良いことでもあり、少し悪いことでもある。

　良かった点はいろんなダンジョンへアクセスできるツクヨミ魔法学園に帰れることである。そして黄金の招き猫を手に入れたのも良かった。ただ最後の戦闘から少し記憶が曖昧で、思い出そうとすると強い頭痛が起こるんだよな。

　しかし悪い点はダンジョンを堪能できなかったことである。事件解決後に少し攻略させて貰《もら》ったが、まだまだ挑み足りない。本当は六十層の狩り場へ行きたかったが仕方が無い。

　しかし一番悪い点はミレーナさん、聡美《さとみ》さん、そしてクリスさん華《はな》さん、彼女達に会えなくなることであろう。

『もうミレーナさん、聡美さんに会えなくなるのかな？』

　俺はななみに聞く。

『会えるとは思いますが、難しいでしょうね。会うにしてもお二方はご主人様を女性と思っているでしょうし』

もしかしたら華さんには親戚として普通に会うことはあるかもしれない。クリスさんも俺の正体を知ってるから会うのは大丈夫だろう。ただ仲良くしてくれたミレーナさんと聡美さんに会えなくなるのは少し寂しい。

さて、もう一つこのアマテラス女学園から去ることで残念なことがあるとすれば、ここだ。

「あああ、良い湯だなぁ。もうこの温泉に浸《つ》かれなくなるのか」

一人しかいない大浴場、まるで高級旅館貸し切りだ。急に自室のお湯が出なくなった時は焦ったが、また使わせて貰えるなら良かったぜ。

『ご安心ください。いつでも新鮮な物を楽しめるよう、密閉できる瓶を用意しております』

『おいおい、瓶だなんてお風呂一杯分にも満たないぞ』

『飲むには十分なはずです』

『だから飲まねえよ！　前も言ってたな、どれだけ飲ませたいんだよ！』

確かにミネラルと美少女成分は豊富そうだけど、飲料では無いぞ！

『高値で売れそうですね』

『それはまあ確かに』

アマテラス女学園の生徒達が浸かったお湯なんて、千円でも売れそう。あれ俺今金に浸かってる？

『まあ冗談は置いておきまして、いずれ皆様と温泉へ行けばよろしいのでは無いでしょうか。花邑《はなむら》家でしたら伝手《つて》はあるでしょう』

『確かにそれも良いなぁ……』

となたみと対話していると不意に温泉の入り口の方からドアが叩《たた》かれる音が聞こえる。

「ん？」

気のせいだろうか？　ふとリュディやクリスさんの時を思い出す。しかし今回はクリスさんやリュディには根回し済みだ。部屋の風呂壊れたから、真夜中入りますと。え？

「幸助《こうすけ》、湯加減はどうかしら？」

ドア越しに華さんの声が聞こえる。

「ほっ、なんだ、華さんでしたか。一瞬リュディとクリスさんのことを思い出しましたよ」

あの時は驚いたなあ。だって二人が全裸でお風呂に入りに来たんだもん。ああ、普通は全裸でお風呂に入るか。人生が終わったかと思ったよｗ

「それで華さんはどうされたんですか？」

「幸助が温泉に浸かると聞いたので一緒に入ろうと思いまして。相席失礼しますわ」

なんだそんなことか。そんなの聞かずに入ってくれば――

「はいどうぞー……はあぃ??　ゑ？」

――いや入っちゃヤバイでしょぉぉぉぉおおおおおおおおお！

「失礼しますね」

「えぇぇぇぇぇぇぇぇぇぇ⁉」

あ、華さん前、前隠して、いや違う。俺が見ちゃだめなんだ。首が言うことを聞かねぇ。でも無理矢理《むりやり》にでも視線をそらさなきゃ！

『さすが九条《くじょう》様。大きい。まったく破廉恥で素晴らしいお体をお持ちですね』

ななみ、なんてことを言うんだ。

確かに華さんの体が素晴らしいことは間違いない。女性らしさの象徴でもある胸、お尻がスペシャルで、包容力があるとても女性らしい体つきなのだ。もしたとえここが地獄だったとしても、彼女に抱きしめられたら天国に変わってしまう、それぐらいの包容力なのだ。

いやそんなことはどうでも良いんだ。なぜ、ここに来たんだ⁉

ああ、かけ湯の音が聞こえる。え、嘘でしょ、本当に入るの？

「その、恥ずかしいのであまりこちらを見ないでいただければ幸いですわ」

「は、はひぃ」

なんか変な声が出た。こんな声アニメでしか聞いたこと無いぞ。

「な、なぜこんなことを」

「今回幸助にはたくさんお世話になったから、お礼を言おうかなと思って」

「したかもしれないけれど、でもでも時と場所を熟考してください！」

「あら、幸助は嬉《うれ》しくないの？」

「嬉しいです！　とても嬉しいんですけど、恥ずかしいんですっ！」

　間違いが起きちゃいそうなんです！

「ふふ。からかうのはこれくらいにしておきましょうか」

　ほっと俺は安堵《あんど》する。そうだよな、さすがに俺をからかいに来ただけだったんだよね。

「よいしょ」

「!?!?！??!!」

　彼女と俺の背中が触れる。

　彼女は出口ではなく、なぜか俺のそばへと来るとそこに腰を下ろした。そして彼女は俺に寄りかかるように、背中を付けた。

　ただでさえ近かったのに今は背中がくっついている。背中越しに華さんの温度を感じる。息づかいも感じる。心音すら聞こえる、いやこれは俺の心音かもしれない。

　からかわれてるじゃ無いか！

「幸助。ありがとう」

　彼女は動揺する俺にそう言った。

「え、ええと。学園の事件のことですか？」

「ええ。おかげで解決できたわ、でも今お礼が言いたいのはクリスのことよ」

クリスさん？

「あれ、俺が何かした覚えはないんですが？」

そう言うと彼女はふふふ、と優しく笑う。

「あの事件を解決した後、クリスに色々言ってくれたでしょう？　だからクリスはこの数日で見違えるように成長した」

確かに俺がダンジョンを攻略し終えた後に、クリスさんに言ったことはいくつかある。

彼女がくよくよしすぎてたから、立ち直って貰うためにと。

「それだけでは無いわ、あなたクリスがスーパーシスターに選ばれるように、皆の前であんなことを言ったんでしょう？」

「……まあそうですね」

「だからありがとう。本来なら私がクリスを導いてあげるべきだったのに、あなたにして貰ったわ」

「いえ、彼女は元々素養がありました。ただ背中を押してあげたに過ぎません。俺の言葉が無くてもスーパーシスターになれたでしょう」

「背中を強く押したら倒れてしまうわ、逆に押すのが弱かったり手をかけてあげなかったりすれば、彼女は立ち止まっていたでしょう。そもそも押してくれる人がいるからスーパーシスターになれるということを、あの子はしっかり理解できていない節がある」

彼女が言っていることはなんとなく分かる。たとえ人気があっても、私は絶対投票する、と声を上げてくれる人がいないとだめなのだ。

それに人は流される生き物だ。誰かの行動を見て自分の行動を決める人が多い。

「ヴェストリスの方がその点をよく知っていた気がするわ。でも後輩達に命令してやらせるのはしてはいけないことよ。そして『こんなこと』のために悪魔の手を取ることもしてはいけない」

そう言って彼女は空を見上げる。

ヴェストリスさんはあの後すぐにクリスさん達に助けられた。邪神教の彼女は殺すつもりまでは無かったから、必要なアイテムだけ回収され放置されていたようだ。

そしてヴェストリスさんが完全に回復したらしかるべき処置を取るらしい。

チャプンと音が聞こえる。華さんが手をぐっと伸ばしている音だった。少しだけ高貴な脇と、高貴な横チチを見てしまった。すごい。

「もうすぐスーパーシスターも引退ね」

ぽつりと彼女はつぶやいた。華さんの任期は明後日まで。明後日はスーパーシスターの投票日。そして俺達が学園から去った一日後でもある。ゲームではスーパーシスター投票を見ることができたが、俺と伊織《いおり》の精神が持たないので帰ることになっている。今も精神ゴリゴリ削られてるし。

「ようやく肩の荷が少し下りた気がします。なんだか不思議な気分。プレッシャーから解放されたのに、なぜか少しさびしいような、そんな気分」

スーパーシスターか、多分俺が想像できないぐらいつらい立場であろう。学園内外から注目を浴びながら、ずっと模範として生活し結果を出さなければならないのだから。

「……今までお疲れ様でした」

多分俺には無理だ。なんなら途中で引きこもってしまいそうだ。

「そうね、元スーパーシスターという称号になるだろうから、完全に気を抜くことはできないけれど、かなり楽になるかしら」

その後彼女は大きなため息をつく。

「後は家がお見合いを勧めてくるのさえ無ければ良いんだけど」

ぼそりと、そう言った。それは心からの言葉なのだろう。

「華さんほどの方でもお見合いをされるのですか？」

「そうよ。花邑家に入ったあなたはいずれ知ることでしょうから話してしまうけれど、実は私の実家は歴史があるけれどかなり貧乏な貴族なの」

あぁ、なるほど。だからお見合いの話が出るのか。

「かといって歴史を捨てるわけにはいかないですしね。私は家を捨てられる勇気も持っていない。とりあえず一度で良いから形だけでもお見合いして、私にはまだ結婚は早いと家を説得するのを検討しています」

格式ある家は大変なんだろう。俺も今は自由にさせて貰っているが、毬乃《まりの》さんは俺にお見合いしろと言ってくるのだろうか？　いや、なさそうだな。

それにしても華さんの家か。ゲームでは華さんがお見合いしているシーンは無かったな。そもそも攻略対象じゃ無かったし。そういやなんで攻略対象じゃなかったんだろう？　俺以外にも好きという人が結構いたのにな。

まあもし華さんがお見合いするなら、その相手がうらやましいな。

「華さんが本気で無くとも、お見合いできる人は幸せでしょうね」

「幸助はそう思いますか？」

「ええ、もし華さんからお見合いの話が来たら喜びますよ。こんな素敵な女性、ほかにいないでしょう？」

超絶美人、スタイル抜群、包容力絶大、とても優しい、所作が美しい。ビンゴだな。

「会って五秒でプロポーズされちゃうんじゃないですか」

「あら、少しされてみたいですわ……………ふふっ」

プロポーズされることを想像しているのだろうか、彼女は小さく笑う。そして。

「そうだわ。ねえ幸助？」

「どうしたんですか」

「今回学園のピンチを救って貰《もら》ったけれど、もし私がピンチに陥ったらまた助けてくれるかしら？」

そりゃもちろん。

「ええ、当然じゃないですか。呼ばれたらすぐ行きますよ」

俺がそう言うと彼女は不意に動き出し、俺の背中にふくらみを当てる。それも押しつけるように。

「えっあっ……」

彼女は動揺している俺の耳元でささやいた。

「その言葉、しっかり聞きましたよ、うふふっ。覚悟しててくださいね」

彼女はそう言って立ち上がる。

「さあ、そろそろ体を洗いましょう。背中を流してあげるわ」

「ふぇ⁇」

「ふふ、冗談よ。湯あたりしないように気をつけてね」

何だろう、もてあそばれた気分だ。

—クリス視点—

瀧音《たきおと》ななこはもうすでに来ていた。ベンチに座って、青い空を見上げている。

「待たせたわね」

「クリスさん。いえ、待ってませんよ」

ななこは自分の座るベンチの横をハンカチで拭くと、どうぞと私に声をかけてくれる。

「ありがとう。今日、帰るのね？」

「はい、今が最後のお昼休みですね。堪能してきましたよ。主に伊織が」

「ふふ、甘いの全部食べるまで帰れないって言ってたわね」

彼女、いや彼はあきれたように大きくため息をついた。

「それで、どうされたんですか？」

彼はそう私に聞く。全く。

「察しが悪いわね、あなたが今日帰るから話す時間を作りたかったのよ」

なるほど、と彼はつぶやいた。

「理解してくれて何よりだわ。さて、瀧音ななこ……ありがとう」

「ど、どうしたんですか急に？」

「どうしたもこうしたも無いでしょう。あなたがしてくれたことを考えたら、私のすべてを捧《ささ》げても足りないぐらいよ。特にあの事件を解決し終わった後に言ってくれた言葉、全部覚えているわ」

と、数日前のことを思い出す。

まず私は瀧音ななこに今回の事件に関してお礼を述べた。

そして自らしでかしたことの謝罪をした。

生徒会長を辞退し、スーパーシスターの話が来ても断り、学園をやめることも視野に入れていると話したのだ。

でも彼が言った。

「人は間違いを犯します。でもその後どうするかが重要じゃないですか？」

「でもけじめは付けないといけないわ」

「あの時のクリスさんはヴェストリスさんが得意な闇魔法をかけられていたから、変な思考になりやすかったんです」

確かにヴェストリスさんは精神魔法が得意だった。

しかし彼女は虫や単純な生物ならともかく、人を操るほどの力は無かった。

だから私がしたことは私が選んだことだ。選んで私は。

「あなたを嵌めようとしたの」

そして気がついた。

嵌《は》められたのは私だったと。

「嵌められてませんよ、俺が見たのはクリスさんが騙《だま》されて、でも生徒達の為《ため》に危険を顧みず飛び込んでいく姿です」

そう、彼はそのことをいろんな人に言って回ったらしい。

自分が足がすくむ敵に、クリスさんは先陣を切って飛び込み事件を解決したと。

乙姫《おとひめ》様の証言の効果は莫大《ばくだい》で、お姉様も肯定したから、私の評価は信じられないぐらい高くなった。

次期スーパーシスターは私だと言われるくらいに。

「そんなにおっしゃるなら、しっかり責任を取ってください。やめるのでは無く就任という形で」

「就任？」

「ええ、スーパーシスターとして生徒達を導いてください。もし自分が失敗したと思うなら、自らを慕ってくれた皆や支えてくれた皆に同じ道を歩かせないようにしてください」

「私なんかがスーパーシスターになっても良いのかしら？」

「なんで急に弱気になってるんですか。あなたが辞退するなら今年のスーパーシスターはいませんよ。俺はあなただったら後ろをついて行きたいと思いますし」

「そうかしらね。聡美なんかも、スーパーシスターになれると思うわ」

「いえ、それはないでしょうね。聡美さんが言ってましたよ。あたしはそんな面倒なことするたちじゃ無い、だからクリスに任せるって」

確かに聡美はそう言うかもしれない。

彼女は実力があって見た目が素敵だから、かなり人気があったものの、結構めんどくさがりだった。

ななこは話を続ける。

「聡美さんはクリスさんの前ではツンツンしてますけど、裏ではあなたのことを考えてましたね。聡美さんを慕ってくれている人達に聞いたそうです。あたしクリスに入れるけど、皆は誰に入れるのって。あたしのことを慕ってくれてた子だけしかいなかったはずなのに、投票はクリスさんの方が人気で少し嫉妬したって」

聡美は彼にそんなことを言っていたのか。

「ミレーナさんもクリスさんに入れるつもりみたいですよ？　それも事件前から。みんなちゃんとクリスさんのことを見てるんです」

そう言われると。

「なんだかちょっと、むずがゆいわ。でも嬉《うれ》しい」

「そういえばとある貴族が、クリスさんがモンスターを召喚したと噂《うわさ》を流しましたよね。聡美さんとミレーナさんは真っ先に否定したそうです。いえ二人だけではない。みんな信じてませんでした。あなたはそれぐらい信頼されてるんです」

だからそれに応えてあげてくださいと。

「まったく、口上手な人ね」

すごく人間ができた子である。また実力も知識もある。

私よりも年下なのに……年下？

「そういえばあなた、年下だったわね？」

「あ、すみません、さばを読んでました」

「そうね。年齢だけじゃ無くて性別まで嘘《うそ》をついていたなんて、これに関しては罰が必要ね。私の裸も見たし、あっ、足の匂いも嗅いだし」

ふと大浴場でのことを思い出す。

彼ははっきり見ただろう。

顔を隠す紳士的なところはあったが、何度かは視界に入ったはずだ。

全くすごく恥ずかしい。あ、思い出したのだろう、顔が赤くなっている。

「思い出してるでしょう、顔が真っ赤よ？」

「く、クリスさんも真っ赤ですよ」

「う、うるさいわね」

「そうだ、しっかり言っておきたかったんです。クリスさんの足は臭くなかったですよ？」

「ええ、サンダルで足をだして良いと思います。すらっとしてて綺麗《きれい》だし」

またお風呂の時を思い出したのだろうか、彼は顔を伏せる。

彼がそう言うならだしても良いかもしれない。けれどやっぱり人前にだすのは不安だ、だから。

「じゃああなたの前でだけ、だそうかしら。あなたの前でだけよ？　その時はまた嗅いで確かめてくれる？」

「ええ、かまいません。任せてください」

「頼もしいわ……」

そう言って時計を見る。もう昼休みも終わりだ。私はこれから明日の生徒会選挙、そしてスーパーシスター投票の準備をしなければならない。

「あなたはツクヨミ魔法学園に戻ってどうするの？」

「あの学園には化け物みたいに強い人がいますからね。とりあえずその人よりも強くなろうかなと」

「モニカ会長ね」

「ええ、あの人を超えようかなと思ってます。そして最強になろうかなと」

同じ学園にいるななこは、モニカ会長の強さを知っているだろう。彼女は同世代で一番の力がある。普通ならばムリだと一蹴するかもしれない。しかし彼なら本当になってしまいそうだった。

生徒会の選挙は粛々と進められた。そもそも立候補者が定員と同じだったため信任投票である。

全校生徒が競技場にあつまり開票した結果、全員そのまま生徒会役員になった。そして私は副会長から生徒会長へと上がった。

しかしスーパーシスターの投票は生徒会とは違う。

皆が自分の慕っている人の名前を書く。生徒会の信任投票と一緒に投票してもらったため、もうすでに投票はされた後だ。

それの開票は新生徒会と前期スーパーシスターで行う。

私達は控え室で箱を開封する。そしてお姉様は何枚かの紙を見て小さく息をついた。

「数えるまでもありませんね」

紙には私の名前が書いてあった。どの紙にも私の名前が書いてあった。

また一部の紙にはメッセージも添えられている。

「貴方へのお礼まで書かれてますよ」

『ガウス様　貴方のおかげでテストの点数が上がりました。放課後学習をひらいてくださって本当に感謝しています』

『クリス。あたしの夕食のおかずつまんで持ってくのやめろ。でもスーパーシスターをこなせるのはあんたしかいないよ。仕方ないから入れてやる』

『ガウスさん　体を張って皆をモンスターから守る姿を見ていました。ありがとうございます。私は足がすくんで動けなかった』

『ガウス様　放課後遅くまでどんくさい私のために、つきっきりで魔法を教えてくださったこと忘れません。本当にありがとうございます』

一つ一つのメッセージを読むたびに、私の瞳から涙がこぼれる。皆が私の行動を認めていると言っているのは聞いていた。でもこうやって、手紙のようにして思いを伝えられると本当に私の行動が認められたようで嬉《うれ》しかった。

私は涙を拭いながら言う。

「馬鹿ね、皆。こんなの無効票よ。でも嬉しい……！」

本当に嬉しかった。無効票でも良かった。私がやってきたことが認められたから。

「たしかに正式な選挙などでは無効票ね……あなた、マイクを持ってきて」

お姉様はそう言うと書記の子にマイクを持ってこさせる。それをお姉様は受け取った。

そして私達を見て言う。

「ですがこれはスーパーシスターを決める投票。ルールなんてちゃんと決まっていない。これらは皆クリスのことを心から思っている証拠です。私が宣言します、全部有効票です」

そう言ってマイクのスイッチを入れた。

『開票の結果、私に替わってクリスティーネが今年のスーパーシスターです』

辺りからわれんばかりの拍手が聞こえる。それを聞いてまた泣きそうになった。そんな私にお姉様は言う。

「ねえクリス。私はスーパーシスターだったわね、どうしてスーパーシスターになれたと思う？」

お姉様は私にそう尋ねた。

「それはお姉様が魅力的だったから……」

「確かにそれはあったかもしれない。でもそれだけではだめね」

「なら……」

「貴方を慕う人が必要なの。貴方を慕って声を出してくれる人が必要なの。魅力があったとしても、それがいろんな人に伝わらないと意味が無いの」

お姉様は話を続ける。

「何の世界でもそうよ。音楽の世界でも絵の世界でも、実力がある人が上に上がるわけではない。才能があって努力したとしても、それが日に当たらなければだめなのよ」

「お姉様………？」

「知られなければ意味が無いの。映画でも本でも動画でもそう。どんなに面白いと思っていても、みんなに知ってもらう機会が無ければその人はそれ以上がない。やがて自分の限界と思いやめていってしまう」

たしかにそうかもしれない。

「実はヴェストリスの方がそのことを理解していたわ。とはいえヴェストリスは生徒達の為に行動する人では無かった。だからクリス、貴方が選ばれたの。だからしっかり覚えていなさい。貴方の為に行動してくれた人達、そしてななこ達を。……皆良いかしら、二人きりで話したいことがあるの」

お姉様がそう言うと、生徒会役員達が部屋を出て行く。そして私達は二人だけになった。

しんと静まった部屋でお姉様は一枚の手紙を取り出した。

「これは幸助達からよ」

私が手紙の魔法陣に手を触れると、小さく手紙が光り、それは自動で開かれた。

『スーパーシスター就任おめでとうございます。次出会えた時はお姉様ですね。楽しみにしております』

「……ふふ、私が選ばれなかったらどうしていたのかしら？」

「絶対選ばれると思っていたのよ。私と同じように……幸助達にお礼を言わないとね。ふふっ」

「はい」

　少しの間笑っていたお姉様だったがやがて笑いを消し、真剣な表情で私を見る。

「そろそろ貴方は皆の前に行かなければならないわね」

　小さく頷《うなず》いた。生徒会長もといスーパーシスター就任の挨拶がある。

「さて最後ね。聞きなさい、クリス。アマテラス女学園のアマテラスは、太陽神を意味している。私達は太陽に照らされた生徒であるわ」

　私は頷く。学園入学時に聞かせられる言葉だ。

「アマテラス神は私達に光を与えてくれたとされる。スーパーシスターとなったからには貴方も光を当てられるようになりなさい。もし暗いところに生徒が迷い込んだなら、貴方が日を当ててあげなさい。道を指し示し導いてあげるの。貴方が私や瀧音幸助に導かれたように」

「はい……お姉様っ」

　彼女は強い口調でそう言った。

「違うわ」

「もう私は違うわ。今日から貴方がお姉様よ」

　そうか。私は今日からスーパーシスターなのだ。

今まで頑張ってきたことが、フラッシュバックしていく。華様と挨拶活動をしたこと、皆が楽しめるようにイベントを企画したり、華様と一緒に希望する生徒に放課後勉強や魔法を教えたり。つらかったこともあったがそれ以上に楽しかったことが多かった。

私が悩んだりしている時は華様や最近では幸助君が助けてくれた。そして私は今、華様に替わってお姉様になるのだ。

ああ、なんだろう。思い出のほとんどに華様が出てくる。私は本当に華様のおかげで、ここまでこられたのだろう。

涙をぬぐう。そして私は恩人に頭を下げた。

「華様、今までありがとうございました」

今度は私の番だ。私が誰かを、皆を引っ張る立場だ。

その私の姿を見て華様の目から涙がこぼれる。

「いやだわ、かっこよく決めるつもりだったのに。そんな顔をされたら私も泣きたくなるでしょう」

そんな華様を見て私はまた涙がこぼれた。

華様は私の顔をハンカチで拭く。

「ほら、顔を引き締めなさい。皆がクリスお姉様のことを待ってるわ」

私は頷いた。華様は自分の目頭を拭いていた。

華様の涙を見るのは初めてだった。

私は華様から離れると、もう一度深々と礼をする。そして私は控え室から生徒が注目するステージに移動した。

私がマイクを取ると、辺りは静まりかえった。これだけの人がいて誰もが私を見て、私の言葉を待った。私は小さく息をつく。そしてマイクのスイッチを入れた。

初めに私に投票してくれた皆様に感謝を申し上げます。

非常に光栄です、ありがとうございます。

さて、私には二人の尊敬するお姉様がいます。

この二人のお姉様は非常に素晴らしい方々です。

立ち振る舞いの美しさも気品も頭脳も魔法の実力も兼ね備えておられます。

しかし彼女達に負けるつもりはありません。

努力して結果を出し、誰もが憧れを持つようなスーパーシスターになることをここに誓います。

私と共に自分を磨きましょう。もし迷ったり不安になったりしたら私に言ってください。

私が道を指し示します。

ところで皆様は私の言う二人が気になっているでしょう。
二人とも皆様が知る人物です。
一人は九条華お姉様。
そしてもう一人のお姉様は瀧音ななこ。これから最強になるであろうお姉様です。

あとがき

——お礼——

今回出版にあたりまして私のせいでたくさんの人にご迷惑をおかけしました。申し訳ございません。本という形にできたのは皆さまのおかげです。誠にありがとうございます。

神奈月《かんなつき》先生

お忙しいのにスケジュールを二転三転させてしまい、大変申し訳ございませんでした。相変わらず素晴らしいデザインです。クリスも九条《くじょう》さんも最高です。お嬢様キャラが大好きな私にはクリティカルヒットしました。これこそお姉様です。瀧音《たきおと》なこも伊織《いおり》も間違いが起きそうなぐらいすばらしいです。私以外にも彼らで変な妄想をする方がいらっしゃるでしょう。

編集宮川《みやかわ》様

毎度のことですが大変お世話になりました。どれくらいかといえば足と手と頭に接着剤付けて土下座しないといけないくらいです。

本当にありがとうございます。

あと神奈月先生の描いてくださったＳＤななみがすごくかわいいので早くグッズ化してください。ただ赤字になっても責任は取れません。

購入してくれた皆様へ

執筆をなんとか続けられているのは皆様の応援のおかげです。誠にありがとうございます。

――その他――

パソコン使用可の図書館で執筆をしている時のことです。

女子学生が近くの席で真面目に勉強をしていました。さらに私の向かい席にも、後ろ側にも学生が座って勉強しています。入り口近くの席ではサラリーマンが仕事をしていました。

皆頑張ってるし私も頑張ろう、と書き始めるのですが今回の小説には非常に難しい問題があって、なかなか進みません。その難問をどう解くかを考えて考えて考えて。

ふと思ったのです。

なんで彼女らはこんなに勉強を頑張っているのに、どうすれば売り上げや顧客満足度を上げられるかを考えているのに、私は『男の娘』が『合法的』に『女学園女子寮』の『共同お風呂』に『入る』ことができるかを、何時間も考えているのだろうかと。

そもそも一般常識において、まず男の娘が女学園へ行く時点でアウトではありませんか。さらに女子寮に入るとか意味わかんないし、共同のお風呂へ行くとか想像を絶します。

つまり現実的に不可能ではないかと。これが解けたらアインシュタイン並の頭脳ではないかと。そして私は思いついた。男が合法的に女湯へ入る方法を。

だから私はアインシュタイン以上である。
Q.E.D.
はい。多分今の私は疲れてるんだと思います。

入栖《いりす》

フラン副会長に
コスプレさせられる瀧音ななこw
神奈月昇

マジカル★エクスプローラー
エロゲの友人《ゆうじん》キャラに転生《てんせい》したけど、ゲーム知識《ちしき》使《つか》って自由《じゆう》に生《い》きる7

著　入栖《いりす》

角川スニーカー文庫　23239
2022年9月1日　初版発行

発行者　青柳昌行
発　行　株式会社KADOKAWA
〒102-8177 東京都千代田区富士見2-13-3
電話　0570-002-301（ナビダイヤル）

印刷所　株式会社暁印刷
製本所　本間製本株式会社
◇◇◇

●お問い合わせ
https://www.kadokawa.co.jp/（「お問い合わせ」へお進みください）
※内容によっては、お答えできない場合があります。
※サポートは日本国内のみとさせていただきます。
※Japanese text only

Printed in Japan　ISBN 978-4-04-112667-7　C0193

★ご意見、ご感想をお送りください★
〒102-8177 東京都千代田区富士見 2-13-3
株式会社KADOKAWA　角川スニーカー文庫編集部気付
「入栖」先生「神奈月 昇」先生